じいじ、最期まで看るからね

育児と介護のダブルケア奮闘記

高橋里華

Rika Takahashi

CCCメディアハウス

プロローグ……………………介護が私を幸せにしてくれた

いま、92歳になる義理の父（わが家では「じいじ」と呼んでいます）を介護しています。

じいじは88歳のとき、レビー小体型《しょうたいがた》認知症（アルツハイマー型認知症、脳血管性認知症とともに「3大認知症」といわれている認知症のひとつ）と診断されました。

徘徊したり、暴力をふるったり、暴言を吐いたり、幻視があったり……。

あらゆる症状が出てきて、義理の母（わが家では「ばあば」と呼んでいます）も、夫も、私も、どうしたらいいか、悩み、苦しんできました。

それでもなんとか、家族で相談しながら、乗り越えてきました。

認知症と診断された翌年、頼りにしていたばあばが他界。

じいじの症状は、ひどくなるばかりでした。

でも、いいことも起こりました。

じいじの症状に合う薬が見つかったり、
ママ友が遊びに来てくれて気分がリフレッシュできたり、
コロナ禍でテレワーク中の夫が、介護に積極的になってくれたり、
ピンチのときには必ず、助け船がやってきてくれました。

介護16年目。いまもまだ、介護真っただ中です。
でも、いまは気持ちが楽になってきました。
介護の苦難を乗り越えるたびに、自分が少しずつ成長できたから。
介護は、いつのまにか私のやりがいにつながってきたから。
ここまできたら、じいじの目標「100歳まで生きる！」のお手伝いができればなぁ
と思っています。

介護は、たしかに大変なこともあります。だけど、それだけじゃない。
大変さと幸せは、同じところにある。
私はそう確信しています。
大変さを乗り越えたとき、必ず心が満たされて幸せな気持ちになれたから。

身内の介護をするより、自分自身の幸せを考えたほうがいい。
そういう考え方もあります。
でも、私は介護をすることが、自分の幸せにつながっている。
きれいごと、と言う人がいるかもしれません。
でも、本当にそう感じているから仕方ない。
私は胸をはって言えます。
介護が私を幸せにしてくれた、と。

はじめに

こんにちは。高橋里華です。
もしかしたら、顔を覚えていてくださる方もいらっしゃるでしょうか。
私はかつて、CMやドラマに出演していました。
簡単にプロフィールをご紹介します。

15歳のとき、オスカープロモーション主催の第1回全日本国民的美少女コンテストに応募しました。このコンテストは、米倉涼子さんや上戸彩さんなど、実力派のタレントを発掘しているオーディションです。
ときはバブル真っ盛り。おニャン子クラブが芸能界を席巻していた頃です。私もアイドルに憧れがありました。それに、母親を助けたい気持ちもありました。

ひとり娘だった母は19歳で婿を取り、20歳で私を出産、翌年には妹を産みました。ところが、父のギャンブル好きに拍車がかかり、大きな借金を残して、私が幼稚園に通い出した頃、家を出ていってしまったのです。

母は、昼も夜も働き、残された借金を返しながら、私たちを育ててくれました。子ども心に、いつか芸能界に入ってお金を稼ぎ、母に楽をさせてあげたいと思っていました。

ところが、母は「芸能界なんて」と猛反対。自分の知らない世界に15歳の娘を送ることの不安や、家が埼玉の奥のほうにあったので、東京に通わせるのも心配と考えたのでしょう。

しかし、母は「もし、その全日本国民的美少女コンテストに受かったら許してあげる」と言い出しました。主催のオスカープロモーションには、当時、若いのに物怖じせず、芯のしっかりしたイメージの美少女、後藤久美子さんが所属していたからです。後藤さんがいる芸能事務所なら安心だと考えたようです。

9万人の応募者の中、グランプリは藤谷美紀さん。私もなんとか最終の10人に選ばれて入賞でき、無事母の許しを得て、モデルとして働けるようになりました。

最初は、ほとんどがＣＭの仕事でした。私の通帳は母が管理していましたが、事務所から送られてきたギャラの明細書を確認すると、驚くほどの額が入金されていたようです。

ありがたいことに、ＣＭオーディションを次々と通過し、出演の依頼を多数いただくことができました。その数は、90年代を中心に5年間で約60本にもおよびました。キャリアを重ねるうちに、自分の仕事の幅を広げたくて、ドラマやバラエティにも挑戦。夢だったＣＤデビューも果たせました。芸能界のお仕事は華やかで楽しくて、仕方がありませんでした。でも、その気持ちは長くは続きませんでした。

徐々に音楽番組や深夜番組の司会、情報番組のコメンテーターといった生放送の仕事が増えてきたからです。実は、私はその場をうまくまとめたり、自分の意見を反射的に話すのが苦手。あれほど楽しかった芸能界の仕事に悩み出し、苦痛を感じ、「このままじゃ自分がだめになる」と思いました。そして、ついに30歳のときに、芸能活動を休止したのです。

休んでいる間に、「自分にはモデルの仕事が合っていた」とわかり、1年後に主婦モデルとして再出発しました。プライベートでは、33歳のときに結婚。

この結婚前後に、祖父母や母親、義父母が次々と体調を崩していきました。つまり、この頃から、ゆるやかに私の介護生活が始まっていくのです。38歳で長女を産み、ほどなくして義父母と同居。このあたりから、急速に、しかもどっぷりと介護生活に突入していきます。

ふたりめの子どもも生まれ、育児と介護を同時に担うダブルケアに奔走し、いまも毎日、息をつく暇もないほど、忙しい日々を送っています。

考え方や、やり方の工夫で、介護は生きがいにもなる

介護は「大変」「孤独で苦しい」というネガティブな印象が強いと思います。たしかに大変です。でも、自分の考え方を変えたり、やり方の工夫をすることで、自分の生きがいのひとつに感じられることもあります。

本書では、病気の家族との向き合い方、認知症の症状、その対応、そのときの自分の気持ち、介護を必要としていない家族との向き合い方など、できるだけリアルに私の介護生活をお伝えしていきます。

介護をしている多くの人が抱える共通の悩みがあると思います。

「なんで、私がやらなくちゃいけないの」と思ったり、

「シモの世話がいつまで続くのか」と不安になったり、

「なんで、あのお母さん（お父さん）がこうなってしまったの？」と親の豹変ぶりにショックを受けたり……。

私もこうした道を通ってきたので、本書では、私なりの解決策もまとめています。


介護は10人いれば、10通りのやり方があると思います。私の介護体験は、ほんの1例にすぎないでしょう。ですが、お読みいただくと、

「介護をしているのは自分だけじゃない」とほっとする、

「こういう状態のときはこうすればいいんだ」とヒントになる、

「こういう状態になることもあるんだ」と未来の予測ができる、
といったメリットがあると思います。


私自身、介護の仕事をしている妹や、ネットからいろいろな情報をもらって、参考にしたり、危機を乗り越えたりしたことが何度もありました。本書も介護の苦労を乗

り越える力のひとつになると、うれしいです。

介護は誰もが通るであろう、ライフステージのひとつです。本書は、多くの方に読んでいただきたいのですが、特に、次の方にはすぐに参考になるのではないかと考えます。

・これから介護生活に入る方

・いま介護生活真っただ中の方

・将来自分が介護状態になったときに、どんなことが待っているのか知りたい方

「介護で自分の人生の時間を奪われていない？」「もっと自分の時間を大切にしたほうがいい」と言われることがあります。

たしかに、これまでつらく大変なこともありましたが、いまは「介護をしていることの瞬間が自分の人生であり、幸せ」と胸をはって言えます。

本書を読んだ方が「そういうとらえ方もあるんだ」と感じ、どこかホッとしてもらえたら幸いです。

もくじ

95

第3章 家族の病が重なっていく

第4章 それでも人生は続いていく 169

エピローグ……介護をしている自分が好き 217

登場人物紹介

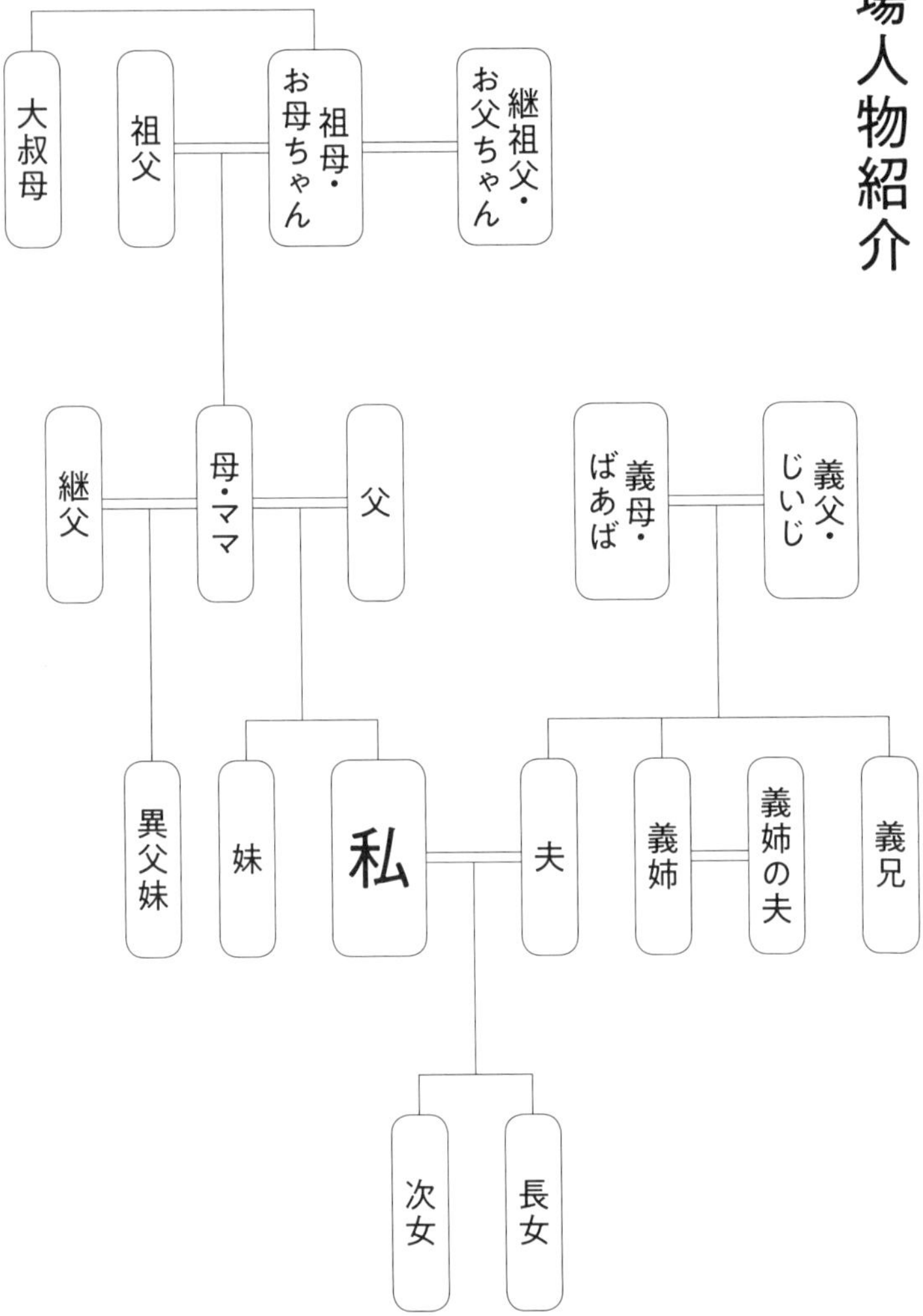
大叔母
祖父
祖母・お母ちゃん
継祖父・お父ちゃん
継父
母・ママ
父
義母・ばあば
義父・じいじ
異父妹
妹
私
夫
義姉
義姉の夫
義兄
次女
長女

長女

運動系にはとても慎重派だけど、なかなかの根性の持ち主。とても頼もしい女子！

夫

出会ったときに「いつもはじめましてと言われてしまう」と存在感のなさを自己申告してくるような、ミュージシャンとしては非常に珍しいタイプの人。ちなみに、私にとって初めての一目惚れ！

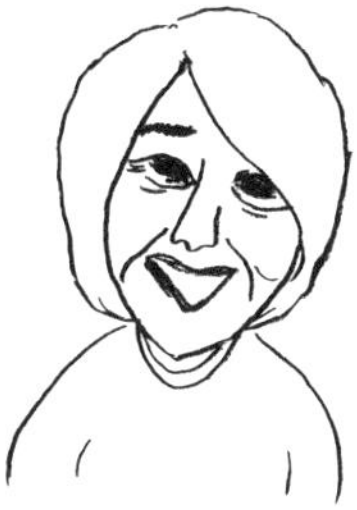

私・里華

介護歴15年。祖父母、母、義父母と、5人を介護。92歳になる義父・じいじと夫、娘2人と都内で暮らす。年々ポジティブ思考に。

妹・由華

昔から私よりもお姉さんに見られるほどに、地に足をつけて人生を歩んできた人。高齢者のハンドリングに非常に長けている（笑）。

愛犬ポップ

出会いは小さなペットショップ。生後2か月の未熟犬だったポップを抱っこしたら最後、うるうるとした大きな瞳にみつめられ、気がつけばわが子になっていました。晩年はかまってあげられず後悔ばかり……愛してるよ。

次女

運動系は臆することなくチャレンジするが、少し強情っぱりで、少し不安になりやすいところがある。いつも私に「気づき」を与えてくれる素敵女子。

父

マスオさん状態だったミックジャガー似の父は、大の車好き、ギャンブル好きで、母に多額の借金を残し離婚。でも、私は父に恨みはないです。

継父

私が高校生の頃に母と再婚。その半年後に一番下の妹を授かる。大工さんで、職人気質の頑固者！

異父妹

18歳下とは思えないほどのしっかり者。現在は医療従事者として日々奮闘している！

祖母・お母ちゃん

とにかくパワフル!!　ひとり娘だった母を親戚に預け、継祖父と1年以上も駆け落ちをする。忙しかった母にかわり、私たち姉妹の面倒をみてくれた。

継祖父・お父ちゃん

寡黙なインドア派。祖父からDVを受けていた祖母を守るように駆け落ちをする、情熱的な一面もある。

母・ママ

とことんネガティブ思考で極度の人見知り。祖母から一度捨てられたことが影響しているのか、生き方がとても不器用。私が20代の頃、突然母が私を拒絶するようになり、長い間、疎遠になる。

義母・ばあば

華道の先生もしていた義母は朝から着物をパリッと着る、気高く気丈な人。食べることが大好きで、晩年もお料理の研究に勤しんでいた。

義父・じいじ

生真面目できれい好き。海軍飛行予科練習生で命拾いしたあとは、出身地の愛媛県で本州四国連絡橋の構想から実現に向け尽力した人。人生一番の大仕事だとよく聞かされていた。

大叔母（祖母の妹）

料理上手でいつもごはんをごちそうになっていた。体が弱く、透析中に意識障害を起こして他界。

義兄

元警察官。現在は定年退職し、愛媛で暮らしている。元気かな……。

義姉の夫・トラヴィス

シアトル出身。仕事もプライベートもいつも義姉と行動を共にし、どんなときもお互いを想い合う相思相愛のパートナー。

義姉

才能溢れる切れ者！　1年のうち半分以上が海外での仕事生活。忙殺の中でも義父を気にかけてくれる。

第1章

33歳のときに始まった祖母の介護

仕事をやりたい気持ちと祖母を看たい気持ちに揺れる

祖父母が私たちを育ててくれた

「もしもし！　大変！　お母ちゃんが救急車で運ばれた。しばらく入院になるかも」

2005年の秋、1歳違いの妹、由華（「ちーたん」と呼んでいます）からかかってきた電話です。

私は当時33歳で、CMに出演する主婦モデルを生業としていました。映像関係の仕事をする夫と結婚したばかりで、これから新しい家庭を築こうとしている矢先でした。

これが、介護人生の始まりです。

祖父母の経営する工務店のひとり娘だった母は、婿を取り、若くして私を産み、翌年に妹を出産。それからというもの、父とはけんかが絶えずに離婚。父のギャンブル依存が原因でした。父は出ていき、莫大な借金を返済するため、母は昼夜なく働いていました。

私や妹の面倒は、同居する祖父母がみてくれました。

祖母は、近所でも知られたファンキーおばあちゃん。祖母も若くして母を産んでいるので、おばあちゃんといっても、私が生まれたときにはまだ42歳。「おばあちゃん」と呼ぼうものなら「年寄り扱いするな！」と怒り、わが家では「祖母＝お母ちゃん」「母＝ママ」「祖父＝お父ちゃん」と呼ぶのがルールでした。

救急車で運ばれたのは、お母ちゃん、つまり祖母です。

祖母は脂身や味の濃いもの、お酒が大好きで、体重は常に80キログラムを超えていました。豪快で、仕事が入ると、三輪自転車にまたがって巨体を揺らしながら、田舎道を疾走していきました。私や妹を後ろの荷台に乗せて走ることもありました。

見た目は頑丈でしたが、心臓肥大による動悸や息切れがあったので、心臓の薬は手放せませんでした。

食べたいものを食べたいだけ口に運び、食事制限はしたことがありません。自由で自己管理能力はゼロ。

当時の主治医からは「このままだと必ず糖尿になる」と悪魔の太鼓判を押されていました。

そんな豪快な祖母でも、私や妹のことはかわいがってくれて、私が母のいない寂しさに泣いていると「よしよし。かわいいりかっぺ」と頭をなでてくれました。

私はそんな祖母が大好きでした。

祖父は、祖母とは再婚。私たち姉妹とは血のつながりはありません。

ぶっきらぼうで不器用でしたが、ときどきおこづかいをくれました。

祖母も母もいないときは、しょっちゅう子ども部屋に来て

「変わったことはないか？」

と心配し、冬場、ストーブを点けていると、さらに頻繁に部屋をのぞきにきてくれました。

ストーブを点けっぱなしでウトウトしてしまったときは「一酸化炭素中毒で死んでしまうぞ！」と本気で叱ってくれました。

私たちは、祖父のために作り置きのおかずを温めたり、好きなカルピスを作ったり、肩をもんだりしました。

夜、お風呂から出ると、〝戦争の恐ろしさ〟を私たち姉妹に話して聞かせるのが日課でした。「もうわかってるよ！　魚雷が海の中をものすごいスピードで走るんでしょう」と、聞き飽きてしまった態度をすると、それを合図に祖父は夕刊を読み始める。ときには、キャッチボールの相手をしてくれることもありました。

私は、この厳しく優しい祖父も好きでした。

オーディションにまったく受からなくなる

祖母が緊急入院。

当時の私の家から埼玉の病院までは、車で片道2時間はかかります。入院となれば、こまごました手続きも必要だろう。母も妹も仕事が忙しくて、その対応が難しい。時間の取りやすい私がやるしかない。きっと、すぐには帰れないだろう。

そう考えて、ひとまず結婚したばかりの夫のために数日分の食事を作って冷蔵庫へ入れ、車に乗り込むと、祖母が担ぎ込まれた埼玉の病院へと急ぎました。

診断は、低血糖による意識低下。祖母は糖尿病になっていたのです。引き金となったのは、なんとスイカ。「スイカは利尿作用があるし、身体にいいから」と言って、祖父が止めるのも聞かずに、大きなスイカの半分をひとりでペロリと食べてしまったというのです。

食べたあと急に「眠い、眠い」と言って意識がなくなり、足を見ると、パンパンに腫れ、「象の足」を超える太さになっていたとのこと。

食事療法も何もせずに、ここまできてしまった結果です。自業自得としかいいようがありません。祖父が言うには「食生活についてたびたび注意をしてきたけれど、聞き入れてもらえなかった。とうとう倒れてしまった」とのことでした。

食事や運動などの教育のため、1か月の入院が決まりました。

実家にひとりになってしまった祖父の食事作りや掃除洗濯のお世話は、私が週に2、3回ほどのペースで東京から通うことにして、ヘルパーの仕事で忙しい母と妹には、ときどき顔を出してもらいました。

既述のように、その頃、私は主婦モデルをしており、メインの仕事はテレビＣＭでした。

オーディションを受け、決まったら撮影に入る。

幸せなことに、ＣＭに出続けられた10代、20代。そして、30代になったこの頃もＣＭのお仕事をいただくことができていました。決まるたびに祖母へ連絡をすると「オンエアを楽しみに待っているよ」と喜んでくれていたのです。

ところが、祖母が入院した頃から、ＣＭの仕事が決まらなくなりました。写真選考を通過し、やっとオーディションを受けても、まったく受からない。

「ＣＭはとにもかくにも、イメージが大切だからね」

モデルを始めた10代の頃から、マネージャーに言い聞かされてきました。

受からないのは、祖母を心配するあまり、食欲がなくなり、急激に痩せたことが理由のひとつだったと思います。所属事務所からは「事情はわかるけれど、それ以上は痩せちゃだめ」と注意を受けました。でも、いちばん問題なのは、心に「受からないで」という気持ちがあったからです。

受かってしまったら、打ち合わせ、衣裳合わせ、場合によってはリハーサル日も取られる。そうなると、思うように祖母のいる埼玉へは通えない。

「受からないで」と心に書いた文字は、見事に先方に読まれていました。

仕事を続けたい気持ちと、祖母のそばにいてあげたい気持ちは完全に矛盾していました。そんな思いを夫に打ち明けると、

「里華ちゃんなら大丈夫だよ。その気になれば、いつだって復活できるから。こっちのことは気にせず力になってあげて」

愛犬ポップをなでながら、応援してくれました。

やるしかない。まだ30代。「なんだってやれる！」と思えば、きっと仕事は見つかる。でも、祖母の命は「いま」どうなるかわからない。いまは、祖母の命に集中しよう。

自分をそう鼓舞しました。

結婚したばかりなのに週5日、実家に通う日々

まさか、デイサービスに通えない？

祖母の退院日が決まり、その日に向けて妹と相談しながらやることを書き出しました。妹は現在ケア・マネジャー（介護の相談にのったり、介護のプランを作成するのが仕事。通称「ケアマネ」）をしていますが、当時はヘルパーでした。いまも当時も、介護のプロです。

【退院に備えてやること】
□役所に申請し、要介護認定（介護保険サービスを受けるために、どれくらいのサポートが必要か、介護度を判定してもらう）を受ける

□ケアマネ（介護認定書と一緒に「ケアマネ」のリストが来る）と契約し、ケアプラン（介護サービスの計画書）を作成してもらう
□ポータブルトイレの購入（トイレに間に合わないことがあるため）
□限度額適用認定証（医療費が高額になった場合、自己負担限度額を超えた金額はのちに払い戻される。あらかじめ認定証を医療機関に提示すると、超過分を立て替えずに済む）の申請
□介護用紙オムツの申請（自治体によっては紙オムツが給付される）
□食事の検討

リスト化すると、意外とやることが多いのがわかりました。

中でも悩んだのは、祖母にとって肝心な食生活をどうするか。

祖母は、入院生活で食べたいものが食べられなかったストレスがあり、家に戻った途端に、再び好き勝手に食べてしまう可能性が高い。私が作り置きをするにしても、限度がある。そのあたりもプロに任せて、介護用の宅配弁当サービスも利用できたら心強い。食事内容を改善しないと、倒れて入院、倒れて入院を繰り返しかねない……。

妹だけではなく、母もヘルパーで、それぞれが介護施設で働いていました。どちらかの介護施設と契約をして、家族が祖母をお世話してくれるのがいちばん安心だと考え、その旨を妹に伝えました。すると、

「ヘルパーとして、自分の家族をケアすることはできないの。そういう規則があるんだよ。きっと何か問題があったんだろうね。ひとまず、本人の意思を聞かないと。他人が家に入るのを、いやがる利用者さんも多いから」

たしかに、祖父母は「知らない人が家に入るのをいやがる」に違いない。

結局、ヘルパーをお願いすることはできませんでした。妹と考えて落ち着いたのは、「毎日デイサービスに通ってもらおう」ということでした。

デイサービスとは通所施設のひとつで、簡単に言えば、自宅から通いで、福祉施設などで介護サービスを受けることです。朝迎えにきてくれて、希望の時間を過ごし、夕方にはまた送り届けてくれます。食事の提供もあり、レクリエーションをやったり、カラオケのあるところも多くあります。

祖母はカラオケが大好きだし、社交的だから合うかもしれない、と考えました。なんとなく段取りが整ってきて、ひと安心しました。

ところが、数日後、祖母が介護保険料を1年以上、支払っていないことが判明。未納分を払わなければ、サービスを受けられません。どうしよう……。祖母にお金がないことはわかっていました。じつは入院中に、祖母の通帳を見てしまったのです。

祖父母の貯金はほぼゼロ

実家は古いとはいえ、敷地の広さはそこそこありました。物が多く、年老いて掃除がままならなくなったのか、散らかり放題。床に敷かれたカーペットはミルフィーユのように多層化し、虫がわいていそうな雰囲気でした。

「糖尿病は感染症がいちばん怖い」と医師に言われていたので、私は祖母の入院中に2週間泊まり込んで、実家の大掃除を決行することにしました。

要らないものと、要るものに分け、要らないと思われたものは躊躇せずゴミ袋へ入れました。祖父は、心配そうに「勝手に捨てると怒られるぞ」と部屋をうろうろ。

でも、祖母の命には代えられません。怒られるのは覚悟の上で、断捨離をしました。

その掃除中に何冊もの貯金通帳が出てきましたが、どれをめくってみても、貯金はほとんどなかったのです。

低所得の年金で生活する祖父母へ仕送りはしていましたが、それでも生活費はかつかつの上、貯金がほとんどありませんでした。頼れる肉親は、娘（つまり、私の母）か、私たち姉妹だけ。

母は再婚相手との間に生まれた子どもの教育費を捻出するため、必死にヘルパーの仕事をしていました。妹には3人の子どもがいて、まだ小学生。金銭的余裕はありません。残るのは私です。まだ子どもはおらず、多少の貯金がありました。いざとなれば、働けばいい。祖父母の医療費や介護費用などは、私が受け持つことにしました。

退院した祖母に、妹と考えたプランを話すと、

「デイサービスもヘルパーもいらない。お父ちゃん（祖父）と助け合ってなんとかできるから大丈夫」

と、言い切られました。

祖母のたくらみは、すぐにわかりました。何ごとにも縛られずに、好き勝手に食べたいのです。祖父なら、なんとでもあしらえます。

祖母は退院したばかりの病人なので、かなり抑えめに、それでも思っていることを

伝えました。

入院中に、母や妹、そして私が、少しでも費用を抑えようと、手料理を作って祖父の面倒をみてきたこと。祖母のことが心配で仕方がないから、私は往復4時間かけて車でお見舞いに行ったり、実家の掃除をしたりしたこと。新婚の夫は、妻の不在に耐えてくれていることなどなど。

しかし、祖母にはまったく伝わらないようでした。

それでも心配なので、週5日は祖父母の家に通い、糖尿病用の食事を作りました。ところが、あろうことか、私がいないときにこっそり暴飲暴食をしていたのです。私はあきれてしまい、実家に行く回数がどんどん減り、やがて行かなくなりました。

ほどなくして、祖母がまた救急車で運ばれたと連絡がありました。きかんぼうで傍若無人な祖母でも、やはり放っておけません。

「わかった、すぐに向かうね」

想像していたよりも悪く、糖尿から併発した腎不全で、人工透析を迫られました。

私が祖母の介護をボイコットしてから、妹と母が仕事や家事の合間に様子を見てくれていました。しかし、本人は食事内容をまったく改善できなかったのです。

祖母は、人工透析の道を選択するしか生きられる方法はありません。

人工透析。私はそのつらさを、祖母の妹、大叔母の姿を見て知っていました。

祖母も十分、わかっていたはずです。お母ちゃん、大丈夫かな……。

しかし、こちらの心配や不安をよそに、本人はいとも簡単に受け入れました。

以前とは違う搬送先の病院で、またもや教育入院をしながら人工透析を受けることになりました。

まず、やらなければならないのは、動脈と静脈をつなぐシャント作りです。

シャント。私は大叔母のことを思い出しました。

大叔母の最期の願いを叶えたいと大疾走

私たちを支えてくれた大叔母

人工透析のシャントをはじめて知ったのは、小学生の頃でした。

家から徒歩2分のところに住んでいた祖母の妹、つまり、私にとっての大叔母が透析患者でした。年齢は当時50代の前半。

結婚していましたが、子どもがいなかったこともあり、しょっちゅう遊びに行っていた私たち姉妹をとてもかわいがってくれました。

その大叔母の左手首に、ボコッとふくらんだコブがありました。びくびくと動いていて、そっとふれると、ザーザーとすごい勢いの血流を感じました。シャントです。

腎臓の働きが低下しすぎた場合（腎不全）、水や老廃物が体内に留まってしまいます。

そこで、人工腎臓を回して自分の血液を洗って、それらを除去するのです。これが人工透析。すごいスピードで血液を循環させるので、とても身体に負担がかかるのです。また、透析の針を刺しやすくするため、血管を太くする必要があります。そのために、動脈と静脈をつなぐ手術が施されている場所（血管）が、シャントです。

「ここが破裂すると、噴水のように血が噴き出して死んじゃうんだよ」

大叔母が説明してくれました。

シャントは温かいけれど、すごく怖いもの。子ども心にそう思っていました。

大叔母はもともと身体が弱く、人工透析は40代からです。

週に3回は病院に行って、人工透析を受けていました。病院から帰ってくると、いつもしんどそうに寝ていて、そんなときは、よく買い物を頼まれました。

普段も、お米やペットボトル飲料などの重いものは持てなかったので、買い物の付き添いもしました。ときには、大叔母の家の裏にあった家庭菜園の手入れや、井戸水を汲んだり、玄関の掃き掃除を手伝うこともありました。

身体は弱いけれど、料理が大好きで特に和食が得意。祖母や母が仕事でいないときは、大叔母の家でごはんを食べました。自分は和食を食べて、私たち姉妹にはハンバーグなどの洋食を作ってくれます。

「健康のために好き嫌いせず、野菜をたくさん食べなさい」と言って、大叔母の家の裏の家庭菜園で採れる野菜を食べさせてくれました。私たち姉妹の身体の土台を作ってくれたのは大叔母だと言っても、過言ではありません。

お針子さんをしていたので、裁縫の腕前もピカイチ。カタカタ音がする足踏みミシンで、私たちのほつれた服を繕ったり、手提げバッグを作ってくれたりしました。

大叔母が教えてくれたこと

私がはじめて見た「人の死」は、大叔母です。小学校3年生のときでした。

学校から帰ると、祖母が
「おばちゃん、透析をしている途中で意識がなくなって、そのまま入院になっちゃったよ。容態が悪いから、急いで病院に行かないと」

祖母や母、大叔父と病院に行くと、大叔母はベッドで寝ていました。何かほしいものがないか、祖母が聞くと、

「お新香と卵焼きが食べたい」

私は祖母からお金を受け取り、全速力で近くのスーパーに走りました。

待っててね。必ず食べさせてあげるから。

走りながら大叔母にテレパシーを送り続け、買い物を済ませ、病室に戻りました。

大叔母は息をしていませんでした。

間に合わなかった。

かたわらでは祖母や母、大叔父が肩を震わせて泣いています。でも、私は涙が出ませんでした。大叔母の最期の願いを叶えられなかった悔しさと、それまでの人生でいちばん速く走った胸の苦しさでいっぱいになっていました。

昨日も会って話をしたばかりの大叔母。なのに急に手をだらりとして、いまは息をしていない。死んだということなの？

私は、人生ではじめて目の当たりにした死をうまく受け入れられず、動かない大叔母を、ただ茫然と眺めていることしかできませんでした。

大叔母は、まだ子どもだった私に、透析のことに加え、家族は助け合うこと、身体は食べものが作ること、そして、人の死は急に訪れることを教えてくれました。

祖父が短刀で自殺未遂

血のつながらない祖父が抱えていた孤独

祖母の話に戻ります。

祖母は私にとって、育ての親のような存在。そんな祖母が人工透析をすることになり、心配で仕方がありませんでした。でも、いちばんショックを受けていたのは祖父です。

透析の話をすると、

「透析になったらおしまいだ。お母ちゃん（祖母のこと）は、もう帰ってこられない、俺はどうなるんだ」

と声を荒らげました。私は、

「透析をしてもずっと帰らないわけじゃない。退院したら、また一緒に暮らせるよ」

と何度も言って説得をしていました。

祖父はショックで、老人性うつになってしまったように感じました。これは、ひとりにはしておけない。

私は、週5日実家に泊まり込むようになりました。祖父は感情の起伏が激しくて、機嫌がいい日と悪い日がありました。機嫌のいい日は、一緒に散歩に出かけました。歩きながら野球の話をしたり、10代の頃に一緒に行ったサイパン旅行の話をしたり、小学生の頃は右から左だった戦争の話を聞いたりしました。


私が泊まり込む生活が始まって、数日が過ぎた頃のことです。

その日、祖父は食欲がなく、早々に自分の部屋へ引っ込んでしまいました。

私は、仕事終わりの妹が来てくれたので、一緒に話をしたり、テレビを見たりして過ごし、妹が帰ると、いつのまにか眠ってしまいました。

その晩、とてもいやな夢を見て目を覚ましました。携帯を見ると、夜中の2時近く。なんだか異常な胸騒ぎがして、祖父の部屋へと向かいました。

ドアを開くと、暗闇の中に人が立っている影が見えます。目が慣れてくると、祖父が短刀を持って、自分の首元、頸動脈あたりに突き付けているのがわかりました。

びっくりしましたが、祖父の気持ちを静めなければいけないと思い、平静を装って近づいていき、話しかけました。

「何してるの。そんなことしたら、だめでしょう。お母ちゃん、悲しむよ。私もいや。お母ちゃんは強い人だから、大丈夫だよ。お父ちゃん、私がずっとそばにいるよ。絶対にひとりにしないから。私じゃだめなの？　それ、私にちょうだい」

しばらくの沈黙。

私の頭の中ではキーンという音が鳴りっぱなしで、何も考えられません。

祖父は震えながら、私のほうに近づいてきました。もしかしたら、道連れにされるのかもしれない……。

一瞬、身体にぐっと力が入り身構えましたが、余計な心配でした。祖父は短刀を差し出してくれたのです。

「お父ちゃん、ありがとう」

私の横を通って、部屋を出ていく祖父。後ろ姿を目で追うと、トイレに入っていきました。私は腰が抜けて、その場に座り込んでしまいました。

祖父が私たちと血のつながりのないことを気にしていることは、前々から気づいていました。祖父に限らず、昔の人は、血のつながりをとても気にしているように感じます。血のつながりが大事で、それがないと家族関係が築けないと思っている。祖父も、もし、祖母が先に亡くなってしまったら、ひとりぼっちになってしまうと思ったのでしょう。こんなにも、思いつめていたなんて。

翌朝、祖父の気持ちが落ち着いているときを見計らって、

「お父ちゃんとは、私たちがちっちゃい頃から一緒にいるし、面倒を見てもらった恩もある。もし、お母ちゃんに何かあったとしてもほっぽったりしない。お母ちゃんのことも、血のつながりも、何も心配しなくていいよ」

と伝えました。祖父は安心したように見えました。しかし、祖父が心配していたのは、血のつながりや、祖母のことだけではありませんでした。

それは、ほどなくして明らかになります。

祖父がステージⅣの大腸がん

東京の家に帰り、家事をしていると、妹から電話がありました。

祖父が緊急入院した、という知らせでした。

ドキッとしました。まさか、自殺？　しかし、違いました。

調子が悪くなり、救急車で運ばれ、検査をしたところ、大腸がんが見つかり、早急に手術をしなければならない、ということでした。

がん？　とにかく、直接、妹に会って話を聞かなくては。

祖父が入院したという埼玉の病院に駆けつけました。祖母が入院している病院です。同じ病院なら、付き添いや見舞いも楽になるかも。少しだけ、肩の荷が下りたような気分になりました。

しかし、先生から聞いたという妹の話は、楽観できるものではありませんでした。祖父は肛門に近い場所に腫瘍があり、すでにステージⅣ。本人には相当な痛みがあるはず。まずは、人工肛門（ストーマ）の手術をして、そのあとに大腸がんの切除をすることになる。放置すれば、余命は6か月……。

本人には、まだ詳しくは伝えられていません。祖母や母、妹と相談し、私から祖父に伝えることにしました。しかし、本人は、

「馬鹿なことを言うな、がんじゃない。ただの坐骨《ざこつ》神経痛だから大丈夫。手術は必要ない」

と、がんであることを否定し、認めません。でも、私は引くわけにはいきませんでした。

当時、私は不妊治療を受けていて、クリニックに通っていました。祖父につきっきりになれません。かといって、がんのステージⅣとわかった祖父をひとり実家においておくわけにいかず、なんとしても入院してもらわなければと思いました。私は、

「私が一緒にいるから大丈夫だよ。お母ちゃんが退院して家に帰る前に、手術をしてしまおう。お母ちゃんのシャントの手術も成功したって。だから、お父ちゃんも頑張ろう！」

と励ましました。じつは、シャントの手術はこれからでした。でも、祖父に「家でまた祖母と暮らせる」という希望を持たせたかったので、嘘をついたのです。そして、

半ば強引に意思確認と同意を取りつけて、人工肛門を造設する手術を受けてもらいました。

私と妹は、退院後に備えて、祖父の人工肛門のケアの方法について看護師さんからレクチャーを受けました。

しかし、肝心の祖父は、がん患部の手術を拒否。抗がん剤の治療をできる段階でもなく、病院でどんどん衰弱していきました。身体を拭こうと、パジャマを脱がせると、骨格がわかるほど痩せていました。進行が早い。素人が見てもわかりました。

ある日、清拭中に患部の近くをぬぐおうとすると、祖父が「痛い！」と言いました。

「あっ、ごめん」

ぬぐったタオルを見ると、血液のような粘液がベッタリ。

はかりしれない激痛を抱えて生きているのだと思うと、私は流れる涙を止められませんでした。

祖父、亡くなる

祖父は、最初は歩行器につかまりながら病院内を歩くことができていましたが、数週間で立ちあがることができなくなりました。瞳は膜が張ったように、灰色がかってきています。

「お父ちゃん」と呼びかけると、苦笑いはしてくれるものの、泣き顔のようなひきつった表情で、何かにおびえているようでした。

主治医の先生は、こう言いました。

「痛みをはかることは難しいけれど、想像を絶する痛みだと思います。でも、それを訴えてこないのは相当の頑固者だね」

やがて、苦痛に顔をゆがめるようになり、モルヒネが処方されました。

薬が大嫌いな祖父でしたが、モルヒネだけはほしがるようになり、祖父の意識は朦朧とすることが増えていきました。

私は、苦しそうに肩で息をする祖父の気を紛らわせようと、子どもの頃に毎日聞かせてくれた戦争の話をしました。

「カミカゼ特攻隊、人間魚雷、防空ごう、キノコ雲、東京大空襲。食べるものも飲み水もない。川は死体で埋め尽くされ、生きたくても生きられなかった若い人たちが、大勢いたんでしょう？　命を大切にしなくてはいけない。生かされていることに感謝をしなくてはいけないって、いつも教えてくれたよね。いつか子どもができたら、語り継ぐよ」

祖母は「お父ちゃんが死ぬのを見たくない」と言って、同じ病院に入院しているのに一度も姿を見せませんでした。

昏睡状態で危篤になっていることを祖母に伝えると、

「よろしく言っておいて。すぐには迎えに来ないでって伝えて」

祖母は祖父のことが大好きでした。最期の瞬間に立ち会って、現実を受け入れなければならないのが、いやだったのだと思います。

私は意識のない祖父に、祖母の言葉を伝えました。そして、息を引き取る瞬間まで、

「心配しないで大丈夫。怖がらないで」

と言い続けました。ひとりで亡くなるのはきっと怖いことだし、意識があったときの祖父は、ずっとおびえているように見えたからです。

２００９年、夏。

先に病気になった祖母を追い越し、祖父はあっというまに亡くなってしまいました。もっと私にできることがあったかもしれないね。ごめん、お父ちゃん。

長女がおなかに宿った

祖母は、祖父が亡くなったあとも、その病院でしばらく入院していました。シャントの手術は無事に終わりましたが、祖父がいない家でひとりで暮らすのは難しいと思いました。私が以前のように埼玉の実家に通えればよかったのですが、できなくなったのです。私の身体の中に、新しい命が芽生えたからです。

不妊治療を始めて2年。やっと待望の赤ちゃんを授かりました。

天国に到着した祖父からのプレゼントかもしれません。

私は仕事はもちろん、片道2時間の実家通いもセーブせざるを得ませんでした。

祖母には申し訳ないのですが、家族で相談し、特別養護老人ホームに入ってもらうことにしたのです。

第2章

夫の父母（「じいじ」と「ばあば」）との同居が始まる

東日本大震災が発生。家族の絆を再認識する

正反対の私と夫

そもそもの、私と夫との出会いをお話しします。

知り合ったのは、25歳のとき。私は米米CLUBのメンバーふたりと一緒にある音楽番組の司会をしていました。夫は当時、ファンクバンドのリーダーで、ゲストとしてその番組に出演してくれたのです。同い年で、完全に私の一目惚れでした。

彼は寡黙で、前に出るというより後ろからバンドを支えている印象。圧を感じなくて、一緒にいてすごく心地がいい。私からアプローチして交際が始まりました。

私は豪快な祖母や忙しい母に育てられたせいか、あまり常識がありませんでした。

いまとなっては大変恥ずかしい話ですが、たとえば、敬語がうまく使えません。15歳で芸能界に入ったときは、逆にその失礼な話し方が面白がられたようです。彼は、私とは真逆で、とてもきちんとしていました。

「里華ちゃんが誰かとしゃべっていると、ハラハラして生きた心地がしない」と言って、敬語から私に教えてくれました。ほかの礼儀や常識も、彼から学びました。

2年ほどつきあった頃、デートの帰りに「うちに寄っていく？ 両親に会わせたい」と言われました。私は「仕事が楽しいから、結婚はまだしたくないけど、会うだけなら」とはじめてご両親に会いました。

驚いたことが、ふたつあります。

ひとつは、彼のお母さんが作った料理のおいしさ。まるでプロの味でした。

もうひとつは、親子のコミュニケーションの親密さ。

ハグしたり、彼が両親の背中をさすったり、とにかくお互いにふれ合う。私はそういう親子関係ではなかったので、正直、最初は「気持ち悪い」と思いました。一方で「すごく温かく仲のいい親子。彼と結婚したら、こういう理想的な家庭が築けるんだろうな」とも感じ、彼との結婚を意識するようになりました。

そのうちに、彼と一緒に暮らすようになりました。彼はとっても料理が上手。当時は、バンドをやめて映像の仕事に変わっていましたが、仕事が休みのときは、よく作ってくれました。

一方の私は、ブロッコリーを生のまま出したり、生焼けの干物、レアすぎるハンバーグ、アルデンテがすぎるバリバリのパスタを作るなど、もうめちゃくちゃ（笑）。要は面倒くさがり屋で、レシピ本はめくるだけ、片づけもうまくできなかったのです。

30歳のとき、私はスランプに陥っていたこともあり、1年ほど仕事をお休みしました。そのときに、彼と結婚するなら料理がうまくならなければと思い、彼のお母さんのところに、ときどき習いに行っていました。そうこうするうちに、だんだんご両親とも仲よくなり、33歳で籍を入れたのです。

このご両親こそが、私が後に同居することになる、じいじとばあばです。

夫は大の親思い

じいじとばあばは、70歳を過ぎてから東京に出てきました。

ふたりとも出身は愛媛です。じいじは長く愛媛県庁で働き、退職後も70歳くらいまでは県内の病院で事務長として仕事をしていました。ふたりには、愛媛で暮らす長男と、東京で暮らす長女、私の夫の３人の子どもがいました。

いずれは、長男がじいじとばあばをみることになっていましたが、もともと身体が弱かったばあばに透析の必要が出てきたこと、じいじも持病があったことから、病院が充実している東京に出ようと決意。息子と娘が東京にいたことも、背中を押したようです。

上京した当初は息子、娘と４人暮らし。そのうちに息子も娘も結婚し、老夫婦ふたり暮らしになりました。

私の夫は義父母が40歳を過ぎてからできた子どもで、孫のようにかわいがられていました。夫もすごく親思いで、結婚した当初「もし、親父かおふくろ、どちらかひとりだけになってしまったら、同居してもいいかな」と聞いてきました。

小さい頃、私は祖父母と一緒に住んでいたので、いわゆる「おじいちゃん」「おばあちゃん」と暮らすことに抵抗はありませんでした。それに、素直に「ひとりになったら、かわいそうだ」と思ったのです。義父母が夫を頼りにしていたことも知っていたので「いいよ」と、ふたつ返事で了承しました。

結婚から4年、私たち夫婦は待望の赤ちゃんを授かりました。当時私は38歳。不妊治療の末、やっと産まれてきてくれたのが長女です。私たち夫婦と愛犬のポップ、そして娘。慣れない育児に奮闘しましたが、幸せな毎日でした。

その頃、じいじやばあばの体調は徐々に悪化していました。介護ヘルパーさんが入ってはいるけれど、それでも、通院や家事にまで手が回らなくなっていたのです。

老夫婦の生活をサポートするため、私たち家族は、それまで暮らしていた家を引き払い、じいじとばあばが住む家から車で10分の戸建て住宅に引っ越すことにしました。

私は仕事を辞めて育児に専念していたので、毎日のように娘を連れて、じいじとばあばのマンションに行き、病院の送り迎えや、家事の手伝いをしていたのです。

義父母のマンションで被災する

娘が生後6か月を迎えた、ある日の午後のことです。

いつものように娘と一緒にじいじとばあばのマンションに行き、家事を手伝っていると、突然、ドンと床から突き上げられるような衝撃を感じました。次の瞬間、まるで嵐の中を進む船のように、縦や横に揺さぶられるのを感じました。

２０１１年3月11日、東日本大震災が起きたのです。

ベッドでばあばと一緒に横になっていた娘を見ると、ばあばが覆いかぶさって守ってくれていました。リビングのソファでくつろいでいたじいじは、グラグラと動くテーブルに必死につかまっています。

私は娘のいるベッドに行こうとしましたが、まっすぐ前に進めません。グラッと揺れた瞬間、バランスを崩し、サイドボードに脇腹をぶつけ床に倒れこみました。「いたたた」と顔を上げると、向こう側にあった薄型テレビがいまにも倒れる寸前。あわてて支えました。ばあばが大切に育てていた蘭の鉢も、サイドボードから落ちそうでした。手を伸ばしましたが、これは間に合わず、「ガッシャン！」と音を立てて割れました。

何分経ったのか、揺れがおさまると、私は家に残してきた愛犬ポップのことが気になりました。

じいじとばあばの部屋を大急ぎで片づけ、作った夕食をばあばに説明しました。

「すみません、一度家に戻ります。まだ揺れると思うので気をつけてください」

心細そうなふたりの姿に後ろ髪を引かれましたが、娘を抱きかかえて義父母宅をあとにしました。


人混みをかき分けて、ベビーカーを押し、ようやく帰宅。玄関を開けるとポップがいました。ブルブルと震え、おびえています。私は抱きしめて、

「ごめんね、ポップ。怪我がなくて、無事でよかった」

テレビをつけると、恐ろしい被災の映像が次々と映し出されていました。夫や実家の母や妹に繰り返し電話をしましたが、つながりません。怖くなってテレビを消し、娘とポップを抱きかかえて、時が過ぎるのを待ちました。

夫と連絡が取れたのは、17時すぎ。その後、実家の母や妹とも連絡が取れて、ようやく気持ちが落ち着きました。

あー、よかった。家族の大切さをあらためてかみしめました。

夫から「義父母との同居」を迫られる

東日本大震災が起きて数か月経ったある日の夜、夫が「相談がある」と言ってきました。娘を寝かしつけてリビングに行くと、夫はいつになく神妙な面持ちで座っています。私が椅子に座ったのを確認すると、こう切り出しました。

「大きな地震があったじゃない」

「うん、まだ原発とか大変だよね」

夫はそれには答えず、何か言葉を探しているように見えました。

そして、数分の沈黙のあと、

「年寄りふたりを、このままにはできない。親父とおふくろに頼まれたのもあるけれど、やっぱり心配だからさ」

「同居するってこと？」

夫がなかなか口に出せないでいることを、私が言葉にしました。

「そう。同居してみて、もし『やっぱり無理』となったら、そのときは解消するから」

私は「少し考えさせて」と伝えました。夫と向き合ったまま、これまでのことや同居したらどうなるか、頭をフル回転させて考えてみました。

うっかり「いいよ」と同居を快諾してしまう

同居すれば、通いよりは楽かもしれないけれど、逃げ場がない。ばあばはこの上なく料理にこだわりがあり、味にうるさい。じいじはほこりひとつも見逃さないほどのきれい好き。同居となったら家事は毎日のこと。

適当に買ってきた惣菜を食卓に並べたり、「今日は面倒だから掃除も洗濯も、まあいっか」的なズボラは通用するのだろうか。いや、通用しないだろう。

あのふたりから、その発想は考えられない。当時入っていたヘルパーさんたちも、じいじやばあばの料理や掃除チェックにプレッシャーを感じ、何人も変わっている。

ケアマネさんから「家政婦さんじゃないので（そこまではできない）」とやんわり諭されると、ばあばは「これ以上、汚いところには住みたくないの」と言い出す始末。

それに「高齢者と暮らす」イコール「将来は介護」だ。ばあばは週3回の透析が必要だし、じいじは重度の肺疾患に胆管炎も繰り返している。そのお世話をすることになる。大丈夫かな、私。

でも、待てよ。

娘にとっては、じいじやばあばと暮らすのはいいことかもしれない。

私は子どもの頃、祖母や祖父と暮らし、おばあちゃん子で、楽しい思い出ばかりだ。この子もおじいちゃんやおばあちゃんと一緒に暮らせたら楽しいだろうな。人生、心の逃げ場はたくさんあったほうがいい。私に叱られたとき、きっとおじいちゃんやおばあちゃんが娘を抱きしめ「よしよし」と慰めてくれる。

それに、じいじやばあばと私の関係は良好だ。

同居してみて無理だったらそれを言葉にすればいい。この間の大地震のとき、じいじやばあばの心細そうな顔といったらなかった。あのとき、もし、病弱の老夫婦ふたりだけだったらと思うと、ぞっとする。あまりにもかわいそうだ。


私はそこまで考えると、心を決め、夫に伝えました。

「いいよ。同居してみよう！」

まさか、１年も経たないうちに、この返事を後悔することになるとは、夢にも思いませんでした。

料理が上手すぎるばあばと、整理整頓を徹底しすぎるじいじ

くらくらする日々の幕開け

「里華ちゃんの気持ちが変わらないうちに」と思ったのか、夫は目にも留まらぬ速さで、二世帯が住める戸建ての好物件を探してきました。

1階は、じいじとばあばが寝室として使える部屋とリビングとキッチン。2階は、私たち家族の寝室と子ども部屋とお風呂。そして、駐車場付き。都内にしては広めのその家は、家賃は高めでしたが、じいじたちにも補助してもらうことですぐに決めました。

引っ越しが終わってひと息ついたとき、つくづく思いました。

とうとう「夫の両親との同居」が始まる。同居を経験した知人や友人は、ほぼ間違いなく嫁姑問題がぼっ発している。けれど、うちは大丈夫だと思う。義父母は私を思いやってくれるし、特に娘を生んでからは私の気持ちを尊重してくれる。

しかも、ふたりとも悟りを開いたような温厚な人柄。世間のような嫁姑問題は無縁だろう。万一何かあれば、夫が助けてくれるに違いない。

基本的に前向きに考えがちな私は、幸せな同居をイメージし、わくわくさえしていました。しかし、この考えが甘かったことは、同居してすぐに思いしらされました。

同居初日。

引っ越しが終わり、みんなへとへとになっていたので、出前を取ることになりました。ばあばのリクエストで、お寿司に決定。

やった！　お寿司だ！

10か月の娘には冷凍してある離乳食を温めて、５人でテーブルを囲みました。

「これからどうぞよろしくお願いします！」と私。

「こちらこそ、なるべく自分たちのことは自分たちでするけん、よろしくお頼みしますよ」

じいじは伊予弁で頭を下げました。

私は、この伊予弁が好きです。何を言っても、やんわりと聞こえて心地いいから。

乾杯のビールを飲みながら、娘の口へ離乳食を運び、どのネタから攻めようかと鮨桶の上に目をすべらせているときのこと。ばあばが、怪訝な顔で言いました。

「おいしくない。しゃりの味が濃いね。お魚の味がせん。お父さん、前のところの出前寿司はおいしかったね。もう、ここに頼むのはやめましょう」

舌が肥えていることはわかっていましたが、ここまでとは……。

それまで、義父母宅のお手伝いで何度も料理を作ってきました。もしかしたら、私のいないところでこんなふうに言われていたのかと思うと、身体に緊張が走りました。

明日から大丈夫かな。

食事が終わると、ばあばが穏やかな声で、

「朝ごはんは私が作りますね。里華さんはお昼とお夕飯、お願いできるかね？」

私は「はい」と答えました。きっと大丈夫。ばあばは私には優しいはずだから。

他人と暮らすのは想像以上に大変

同居2日目の朝がやってきました。

目が覚めると、料亭のような香りが漂っていました。ばあばが朝食の支度をしていたのです。お手伝いをしなくては。

急いで階下へ降りると、香りが強くなり、鰹出汁だとわかりました。台所に入りながら、

「おはようございます。お手伝いします！」

そこには、着物に着替えて、その上から割烹着を着ているばあばがいました。

まずい。私は寝間着のままだ。

「おはよう。そうしたら、テーブルに取り皿を並べてくれるかね？」

「はい！」

ばあばの作った料理は香りだけではなく、彩りが美しく、どれもおいしそうでした。

しっかりと出汁のきいたお味噌汁に、豚肉のジャム煮、和え物に糠漬け。旅館の朝食そのものでした。

「ごはんですよー」

私がキッチンから呼ぶと、2階からは寝間着姿の夫と娘が、1階の義父母の寝室からは、ラフだけどきれいな部屋着に着替えたじいじが登場しました。

自分の子ども（夫）と孫が寝間着なのは許せると思う。けれど、嫁の私が寝間着なのはまずかった。でも、まっ、いいか！　はじめから気をつかいすぎると、あとが続かない……。気負わないで、私は私でいこう。

自分で自分を勇気づけ、凍らせておいた離乳食を解凍しようとすると、

「味つけする前によけておいたけん、これを食べさせておやり」

娘用の木のお皿には、きれいな離乳食が盛られていました。

「ありがとうございます。いつもはちゃんと作っていますが、引っ越しでバタバタしていたので、冷凍でいいやって思っちゃったんです」

つい、言いわけをしてしまいました。

「そうよね。でも、せっかくだから温かいほうをあげようね。おいしいから」

私だって、いつもは味つけ前のものを刻んだり、柔らかくしたり、温かいものを食べさせている。冷凍しているのは、いざというときのため。なんか悔しいけど。まっ、

いいか。ごはんを食べよう。

「いただきます！」

やっぱり、ばあばの手料理は間違いありませんでした。身体の細胞が喜び、全身に幸せが染みわたるほどのおいしさ。素材の味も生きています。

昼食と夕食は私の担当。相当なプレッシャーでした。


食器を片づけ、洗濯機を回している間に、娘をおんぶしながら掃除機をかけていたときのこと。じいじがほこり取り用の毛足の長いモップを出してきました。

「里華さん、ほこりがきれいに取れるけん、そこ（棚）はこれをお使い」

棚の上は、引っ越し作業のときに拭いたから、しばらくは拭かなくてよさそうだと思っていた私。けれど、じいじに言われたら、スルーするわけにもいかない。

「ありがとうございます」

と受け取って、棚を掃除しました。次に、床を雑巾がけしていると、

「里華さん、雑巾がけはね、面倒でも雑巾の幅に合わせて一列ずつおやりよ。そのほうがきれいになるけんね」

じいじは私が掃除するのをじっと見ていて、気になると口をはさんできます。当時

のじいじは、持病はあるものの比較的元気でした。

私は、正直「見ているなら、自分でやってくれてもいいんじゃない？　できることは自分たちでやると言ったよね？」と思い、心の中で小さく「チッ」と舌打ちをしました。


洗濯物を干しに2階に上がろうとすると、じいじが、

「ハンガーはたくさんあるけんね、なんでもお使いよ」

私は義父母のマンションで見かけた、ベランダの洗濯物を思い出しました。

干すのは、じいじの担当。その干し方は、鯉のぼりのように長さが順番に揃っていて、しかも等間隔。下着は下着、靴下は靴下とカテゴリーごとにまるで軍隊の整列のようにきちんと干されていました。乾いた衣類は美しくたたまれ、必要なものはアイロン掛けされていました。

私は、できるだけ丁寧に洗濯物を干しました。


洗濯を終え、昼食の支度に取りかかろうとすると、ばあばが、

「私がおうどんを作るから、里華さん気にせんでええよ」

と申し出てくれました。うれしいと思ったのもつかの間、

「おいしいおうどんが食べたいけん」

とつけ加えました。勘繰りすぎかもしれませんが、私が作るのはおいしくないということなのかと思い、くらくらしました。

たしかに、おいしそうなうどんができあがりました。

ばあばの横には、食いしん坊な娘が座っています。次の瞬間、目を疑う出来事が。あろうことか、ばあばは、

「一緒に食べようね」

と言って、自分が食べたお箸でうどんをあげようとしました。私はすかさず、

「あっ、すみません。いまは、大人と同じお箸を使わないほうがいいと言われているようです。そのほうが、子どもの虫歯リスクを減らすそうです。ちょっと面倒ですけどね」

と、努めて明るく笑顔で言いました。

しかし、ばあばは3人の子どもを立派に育てあげた大先輩。納得のいかない様子でした。

この件は、夫からもちゃんと言ってもらおう。あと、キスをやめてほしいと伝えて

もらわなくては。

しかし、これはほんの序章。

その後も、子育てに関してばあばと私の考え方の相違が多々あり、私はきちんと「やめて」と言うことができずに、ストレスばかりがどんどんたまっていくのでした。

「リモコン、取って」「お茶、淹れて」……あらゆることを指示する義父母

日に日に重くなる負担

「私たちの同居はうまくいく」

根拠のない自信ながら、そう思っていました。でも、完全な思い違いでした。

世代やライフスタイルが異なるふたつの家族が、いきなり同居を始めるのは、想像以上に大変なことでした。


最初に「朝ごはんは私が作る」と張り切っていたばあばは、同居してまもなく、

「体調がよくないけん、朝ごはんもお願いできるかね？　負担をかけてすまないけど、里華さんお頼みできる？」

私は週3回、ばあばの透析の送り迎えをしていたので、身体がちょっとずつ悪くなっているのは感じていました。透析は簡単に言えば、透析器という機械を通して、血液をきれいにする治療です。透析をしたあとは、血液濃度のバランスの問題から、心臓にかなり負担がかかるようでした。

すぐに動けず、病院でしばらく安静にすることもありましたし、家に帰ってきてからもめまいがあったり、嘔吐することもありました。

「大丈夫ですよ！」

その日以来、私が3食を作ることになりました。

ばあばのように料亭の味はさすがに無理ですが、料理は好きでした。腕に自信がないわけでもありません。

ばあばのごはんを食べて育ってきた舌の肥えた夫にも、毎日ではないにせよ「おいしい！」と言われてきましたし、通いで、じいじとばあばに作り置きの料理をこしらえていたときも「里華さん、おいしいよ」と言ってくれていました。

ところが……。同居してから、ばあばは口に合わないと言って、食べてくれなくなりました。ひと口食べて、箸を置いてしまうのです。病気のために食欲がない日ももちろんありましたが、そうではない日もです。

一生懸命に作ったのに、食べてもらえない。

何度も、心が折れそうになりました。

ばあばは体調がよいときも、自分で動くことがなくなり、すべての家事やこまごまとした用事を私に頼んでくるようになりました。

身体が弱いからできることはやってあげたい。けれど「リモコン、取って」「お茶、淹れて」と、自分でできるでしょう、という細かいことまで私に言ってくる。

自分の手足のように考えているのかな、と思ってしまうほどでした。

古い子育て法を振りかざすばあば

それ以外にも、しんどいと感じることがよくありました。

たとえば、子育てについて口を出されること。

娘はどちらかというと活発で、おすもうさんごっこやお馬さんごっこのような身体を使う遊びが大好きでした。すると「女の子なんだから、そんなふうにしたらいかんよ」とお小言。

「そろそろ、お箸を持たせんといかんね」
「器は、割ってもええけん、そろそろプラスチックより陶器やガラスにせないかんね」
「お肉だけじゃのうて、もっとバランスよく食べさせたほうがええと思うよ」
私は親としては未熟だけど、自分なりにちゃんと考えて子育てをしている。それに、時代とともに、子育ては変わっている。昔のやり方が通用しないこともある。いくら子育ての先輩とはいえ、口を出しすぎる……。もういや。

その都度、私がきちんと答えたり、説明したり、「それはご自分でなさってください」と言えばよかったのですが、なかなか言えませんでした。

ばあばは身体こそ弱かったけれど、勝ち気で芯が強く、家庭をすべて仕切りたがるタイプ。頻繁に入院をしましたが、大部屋に入れば、必ずその部屋のボス的な存在になっていました。

そんなふうでしたから、私が口答えをしようものなら、やりこめられることは火を見るより明らかです。本音は飲み込み「そうですね」と、心とは裏腹の返事をしていました。

毎日の出来事は、夜、仕事から戻った夫に伝えていました。夫が「それは、ちょっとあらためてもらおう」と思ったことは、じいじやばあばに伝えてくれました。「できることは、自分たちでやって」「里華ちゃんに、なんでもかんでも頼まないで」と。

ただ、そのときの夫は口調がかなり強め。息子に怒られたじいじやばあばは言い返したりはせず、ただうなずくばかり。その姿を見ると「私の告げ口のせいだ」と自分を責め、また心が痛みました。

結局、夫からじいじやばあばに言ってもらうことも減っていき、私の中では、どんどんもやもやだけがたまっていきました。

家にいるのがつらいので、日中はできるだけ娘と一緒に外に出かけるようになりました。

「娘を公園に連れて行きますね」

そう告げると、車に乗りこみ、ぐるぐるとドライブ。そのあとファミレスでジュースを飲んで、時間をつぶしました。といっても、娘はまだ2歳にもならない幼児。それほど長時間は外にいることはできません。

しかし、これが、じいじとばあばにとっては、とんでもないことに思えたようです。

マイルールを押しつけるじいじ

じいじは几帳面で、微に入り細に入りきちんとしています。そして厳しい。

夫から聞いたところによれば、じいじは子どもの頃、あまり裕福な家庭ではなかったため、尋常小学校卒業後は、海軍飛行予科練習生となりました。

戦後は愛媛県警の鑑識課を経て、愛媛県庁に入庁。学歴がないこともあって、人一倍努力を重ねました。その甲斐あって、県庁を退職するときは、高い役職に就いていたそうです。

真面目で几帳面で、自分にも他人にも厳しい。だからこそ、そこまで上りつめたのだと思います。そして、その厳しさは嫁の私にも向けられました。

じいじは私が掃除するのをじっと見ていて、隅々まできれいにやらないと「ちょっと、それはよろしくはないね」と言うようになりました。

じいじがいないときに掃除を済ませると、ほこりが残っていないか、指でチェックすることもありました。そして何より嫌気がさしたのは、確固たるマイルールがあり、私に押しつけてくること。

ベッドメイクはこまめに。テレビのリモコンは使いっぱなしにせず、きちんと並べておく。卓上ポットには、常にお湯を入れておく。湯のみは、茶しぶが付く前に漂白する。喉が痛むときは、はちみつ生姜湯を飲む。

そのほかにも、お仏壇の扱い方、神棚の榊を変えるタイミングを細かく指示。トイレットペーパーやティッシュペーパーはごひいきのメーカーでないと肌に悪いと文句を言う……。挙げたらキリがありません。

私は、自分のそれまでの生き方を否定された気持ちにさえなりました。

私の悪口満載のじいじの日記を見てしまう

ついに超えた限界

じいじは、毎日日記をつけていました。ここでも几帳面さを発揮。一度チラシなどの裏に下書きをしてから、日記帳に清書するのです。

あるとき、リビングを掃除していると、テーブルにチラシが散らかっていました。「じいじにしては珍しいな」と思って見ると、日記の下書きでした。しまい忘れたのか、捨て忘れたのか、そのままにして散歩に出たようです。

読む気はありませんでしたが、片づけようとした瞬間「里華さん」の文字が目に入り、悪いと思いつつ読んでしまいました。綴られていたのは、私の悪口でした。

里華さんは、日中外出したまま、連絡をしないとなかなか家に帰ってこない。

家のことは二の次、孫を連れ回してばかりいる。

冷蔵庫には食材もなく、ごはんにもありつけない。

割を食うのは、いつも私だ。


えっ⁉ 読んだ瞬間、心がポッキリと折れました。たしかに家にいたくないから、できるだけ外出していたのは事実です。ただ、家事、通院のお手伝いはやっていました。ご所望の高級食材ではないものの、食材はきちんと冷蔵庫に常備してあり、そのほかもろもろ、家のことはちゃんとやっていたはず。

そんなふうに思われていたのかと思うと、大ショックでした。

こうなると、次から次へとふたりの気に入らないところばかりに気持ちが向き、悲しさと情けなさに、心身ともに疲れ果てていきました。


こんな状況にした夫が憎くてたまらない。

怒りの矛先は、夫にも向くようになりました。

あるとき、ばあばから日頃の過ごし方を注意され、その言い方にとても傷ついたので、夫に伝えると「おふくろが、そんな言い方するかな」と擁護の姿勢を見せました。息子が知らない一面を嫁の前で出してくるから、嫁姑問題は大きくなるのだと思います。

「言われたから、腹が立っているんでしょう！　とにかくもう、うんざり！」

たまりにたまっていたものが爆発し、涙ながらにまくし立てました。

娘とポップを連れて家を出る

家族が寝静まったあと、ひとりでリビングの椅子に座ると、大きなため息が出ました。

こんなはずじゃなかった。もっとうまくやれると思ったのに、同居をすると嫁姑＆舅問題は避けられないものなんだ。この生活がいつまで続くんだろう。もう無理、絶対に無理。気がおかしくなりそう。

視線を感じて目を向けると、ポップがじっとこっちを見ていました。

嫁姑＆舅問題に頭を悩ませ、はじめての育児に奮闘して、ポップの頭をなでる回数が格段に減っていたことに気づきました。

心にまったく余裕がなかったのです。近づいてゆっくり頭をなでました。

「ポップ、ごめんね、寂しい思いをさせて。私、だめかも。こんな生活が続くわけがないよね」

ポップはくうんと鼻をならしました。

私は家を出ることに決めました。

夫には「もう限界だから」と正直に話し、病弱なばあばには「実家の母の具合が悪いので、しばらく留守にします。すみません」と告げ、娘とポップを車に乗せて、家を後にしました。

同居して1年経つか経たないかの、夏の日のことでした。

妹の家での楽しい居候生活

同じ家事をしてもこんなに違う

家を出た私と娘とポップを温かく迎えてくれたのは、埼玉で暮らす1歳違いの妹、由華とその家族でした。

「もう我慢できない。2週間くらい、お世話になりたいんだけど」

電話で告げると、妹は「いいよ」と、ふたつ返事。

「2週間」という期限は、家を出るときに決めていました。

「嫁が何もやっていない」と言うけれど、私がいなくなるとどれだけ困るかは、2週間もあればわかるはず。離婚するか、戻るのか、自分の気持ちを整理するのにも十分な時間だと思われました。

妹は、嫁姑&舅問題の大先輩でした。

広い敷地内に、義父母が暮らす母屋、小姑さん2家族、そして妹家族の4世帯が住むという住環境の中で、数々の試練を乗り越えてきたのです。

いまの私の悩みを数倍にしたような状況に陥って、都内に住む私の家まで逃げてきたこともありました。

妹は介護ヘルパーを経て、現在はケア・マネジャー。高齢者ハンドリングのエキスパートでもあります。

妹は「久しぶり〜」と平常心で迎え入れてくれ、その感じが心地よくて、すぐに東京へは帰りたくない気分になってしまいました。娘を寝かしつけると、たんまりと買ったビールを飲みながら、同居を始めてからの出来事を打ちあけました。妹は笑って、

「里華も大変だ。まぁ、とりあえずくつろいで」

一気に話すと、安堵感と疲労感で寝てしまいました。

次の日も、その次の日も、娘を寝かしつけ、お酒を飲んでは「絶対に離婚する!」と息巻きました。

その頃は、ちょうど夏休みでした。

妹夫婦には、子どもが3人います。私は、忙しい妹に代わって、妹の家族と自分たちのごはんの支度や掃除、洗濯、買い出しを一手に引き受けました。

洗濯物の多さも洗う食器の量も、わが家とは比べものにならないほどあり、家の中はいつも泥棒が入ったあとのような散らかりようでした。

かなりの取り組みがい！（笑）。

妹の家での家事は大変でしたが、喜びと達成感にずっと包まれていました。

ごはんを作れば、みんなが「おいしい！」と食べてくれる。妹は仕事から帰ると毎回「ありがとう、助かる。ずっといていいよ」と笑ってくれる。

隣に住む妹のお義母さんも、

「お姉ちゃん（私のこと）、由華ちゃんを助けてくれてありがとう。あの子、忙しいからね」と労ってくれました。

しんどかったのは、やらされ感だった

なんか、楽しいし、うれしい……。この気持ちは、なんだろう。妹の家での家事は、自分の家のそれよりかなり大変でしたが、やりがいさえ感じられました。毎日同じことの繰り返しなのに、疲れもしません。

でも、自分の家での家事は何をやっても疲れる。なぜなんだろう。

私は同居生活を振り返り、今後のことを考えました。

離婚は本心ではない。夫を嫌いになったわけでもない。

義父母のことも、何か言われれば腹が立つけれど、冷静に考えれば嫌いではない。

では、私がいやなのは何？

もしかしたら……やらされ感？

私と夫と子どもの３人の気楽な生活が一転して、急に生活のあらゆる面で指示されるようになり、それを「やらされている」と私自身が感じていた。

そして「なんで言われた通りにやらなくちゃいけないの？」と思い、イライラして

いたのだと気づきました。

義父母と同居していなくても、家事はしなくてはなりません。よくよく考えれば、子どもがいれば3食作るのは当たり前で、そこに義父母が加わっただけのこと。私と夫と娘の家族と、義父母の家族は、別々ではなくて、5人でひとつの家族になったのです。それなのに、私は義父母分の別の家族の分まで家事をやらされている、と感じていました。


妹が教えてくれました。

「高齢者はだいたいそんなものだよ。頑固だし、人の話を聞かなくなる。視野も狭くなる。はじめからそうじゃない人でも、年を取るとだんだんそうなっていくよ。もちろん、全員ではないけれどね」

なるほど、と思いました。

高齢になると頑固になったり、人の話を聞かなくなったりするのはよくあること。そこにイライラしても仕方がない。自分の中のもやもやが晴れていくのを感じました。

義父母との間に作っていた壁

では、どうすれば、そんな高齢者との同居生活を、楽しんだり、快適に過ごしたりできるのだろう。何をすればいいのだろう。

相手を変えることは難しい。祖父母の介護や人生経験から考えても、高齢者に限らず、人は変えられないと思う。自分が変わるしかない。でも、どう変わればいいのか。

義父母は病気がちの高齢者。身体が思うように動かないから、代わりにしてほしいことは山ほどある。やってあげたほうがいいに決まっている。

ふたりとも、長く生きてきて、その経験から教えたいことがたくさんあるはず。食に関して言えば、義母の和食は文句なしにおいしい。和食不勉強の私の料理を食べてもらおうとしたことは、浅はかな考えだったのかもしれない。

義父も真面目すぎるとしても、見習うべきところはいっぱいある。

要は、コミュニケーションだ。

イライラするから、私のほうから義父母との距離を取っていた。必要のない会話は避けてきた。できるだけ家にいないようにした。

一方的に、しかも高い壁を作っていたのは私。

一度、壁を取り払ってみよう。私の娘は、なんの壁も作らず、じいじやばあばの胸に飛び込んでいき、ふたりに愛されている。娘がするように、無邪気にふたりに歩み寄ってみよう。うまくいくかもしれない。


「もう一度やってみる」

家出してからちょうど2週間。私は心も頭も整理でき、妹に告げました。妹から、「でも、無理することないよ。子どもが小さいし、離婚することはない。いやだったら、同居を解消すればいいだけのことだよ」

とアドバイスされたことで、だめだったときの道筋も見えて、心がよりすっきりしました。家出の甲斐があったというものです。

嫁姑問題に疲れたら我慢しすぎないで、ほかの場所に退避して、違う空気を吸ってみる。すると、違う景色が見えてくると実感しました。

「さぁ、おうちに帰ろうか」

娘とポップを車に乗せて、夫やじいじ、ばあばが待つわが家へと急ぎました。

じいじ、ばあばと本当の親子になっていく

義父母による嫁プロデュースが始まる

家出先から帰宅すると、ばあばは「里華さん、お帰りなさい」と迎えてくれました。じいじは「自分でできるところは動くようにするけん。だいぶん里華さんに頼りすぎて、本当にすまなかったね」と謝ってきました。夫がふたりに「もうちょっと我慢もして、自分たちでも動いて」と言ってくれたようです。

その夫は、娘に会えなかった寂しさと、じいじとばあばのお世話で完全に疲れ切っている様子。私の顔を見て、ほっとしたようでした。

2週間家出をして、申しわけない気持ちもありましたが、一方で、家族がそれぞれ大切なことに気づくことができた時間にもなったようです。

じいじとばあばにとっていちばんの気づきは、きっと「里華さんがいなくなると、孫もいなくなる」こと。孫に会えない寂しさは、身に染みたようでした。

家出から戻ってすぐに、私はアレを実行に移すことにしました。アレとは、壁を取り払い、じいじとばあばに歩み寄ってみることです。

そのために、ふたりにこうお願いしました。

「子育ても料理も掃除の仕方も、私はまだまだ新米です。どうか教えてください」

じいじは「里華さん、ありがとう」と喜んでくれ、ばあばは「子どもはまだ小さいし、これから家族が増えるかもしれん。子どもたちの心と身体をきちんと育てるためにも、料理はちゃんとできたほうがいいわね」と言いました。

そこから、じいじとばあばによる嫁プロデュースがスタートしたのです。

まず、ばあばからは、得意の和食を基本から教えてもらいました。

出汁のひき方、魚の下ごしらえ、素材の切り方、煮方、焼き方、煮物の手順。

そっか、切り方を工夫すれば短時間でも味の染みこみが違うのか。

そっか、魚は敵ではない。覚えてしまえば、てこずることもないんだ。

そっか、昆布は前の晩からつけておけば、昆布水として飲めるのか。

へぇー、出汁昆布は利尻がいいのか。高いけれど、たしかに旨みが違う。

なるほど、煮物は薄口醤油のほうが上品に仕上がる。

食材はまとめ買いをやめて、その日に使うものだけを買うこと。これにはもれなく「新鮮さ」というおいしさがついてきました。

ばあばの体調のいい時間帯に一緒にキッチンに立って、何日もかけて「お料理のいろは」を教えてもらいました。加えて、こんなアドバイスをしてくれました。

「とにかく型を覚えて、あとは自分流にアレンジすればええけんね」

子育てに関しては、昔からの言い伝え、言い聞かせること、お祝い事や年中行事の大切さなどを、ばあばはうれしそうに教えてくれました。


じいじに教えてもらったのは、掃除と整理整頓です。

掃除に使うグッズ、細かいところの掃除の仕方、お仏壇のお手入れ、靴の磨き方、窓拭きに網戸洗いのコツ、布団カバーの替え方などを伝授してもらいました。

じいじも、目を輝かせながら教えてくれました。

毎日は無理だけれど、頭に叩き込んでやりやすいようにアレンジすればいいかな。

じいじが私の掃除の様子をじっと見ている（チェックしている？）のは、以前と同じです。私は身体を大きく動かして、なるべく「やっていますよ感」を出すと、じいじの満足感が高まることも覚えました（笑）。

ストレスはゾンビ映画とフラダンスで発散

何もかも自分で背負うと、再びパンクしてしまうので、以前はできなかった家事の分担のお願いもしました。

「洗濯ものはたたむまでは私がやりますから、しまうのはじいじにお願いしてもいいですか？」

「育児もあり、教えていただいた掃除を全部やるのは大変ですから、私流にアレンジしていきます。でも、もし、気になるところがあったら言ってください」

「じいじができないところは私がやりますので、教えてください」

じいじは「すまないね。頼みます」と言うと、にこりとかわいい笑顔を見せてくれました。

私は整理整頓が苦手なので、夫にも「手伝って」と頼みました。

正直、最初は大変で、特に掃除は1時間以上かかりました。けれど、慣れてくると手の抜きどころもわかり、30分ほどでできるようになりました。

3か月も経つと習慣化できて、考えなくても動けるようになり、非常に手際がよくなりました。それによって手に入ったのは、ストレスの感じにくさ。もちろん、ゼロではありませんから「たまってきたな」と感じたら、趣味のフラダンスで汗をかいたり、好きなゾンビ映画を観て発散しました。


私自身、この3か月で大きく変わったことがいくつかありました。

家事のコツを覚えたのはもちろんですが、生活のリズムがつかめて余裕ができ、笑顔が増えました。子どもと夫のほこりアレルギーもあるので、毎日修行僧のように床の拭き掃除をしていたからなのか、まさかのダイエット効果も。

じいじやばあばとの関係も良好になり、一緒に出かける機会も増えました。

何より、家族から「おいしい」と言ってもらえることの喜び、毎日ピカピカの空間で過ごすことの心地よさを覚え、幸せ感が高まりました。


この頃、気づいたことがあります。

高齢者は、それなりに人生経験が豊富です。それを伝えたいという欲求がある。同居を始めた頃は、教えてくれているのに私が指図されている、と思っていたのかもしれない。私のとらえ方ひとつで変わっていたかもしれないな、と。

私たち夫婦の家族と、じいじとばあばのふたつの家族がようやくひとつの家族になれた気がした、同居3年目の夏のことでした。

祖母が亡くなる

「禍福《かふく》は糾《あざな》える縄《なわ》の如《ごと》し」と言います。人生はより合わさった縄のようで、幸福と不幸は変転するという意味です。

たしかにそうだなと思います。

私の同居生活が軌道に乗り始めた頃、特別養護老人ホームに入っていた祖母の具合はどんどん悪くなっていきました。

次第に糖尿病が悪化し、右足を切断。切断すると伝えられたとき本人は「どうせ車椅子で、いまも歩けないし、片足がなくなっても生きたい。何よりおいしいものを食べたいよ」と悩まずに切断を受け入れました。

祖母の食べること、生きることへの執着は、ほんとうにすごいと思いました。

しかし、病には勝てず、右足切断から半年後、苦しみ抜いて昏睡状態になりました。


そして、2013年の夏の朝、夜通し病室にいた母が帰ったあと、交代した私と、2歳になった娘、私のおなかに宿っていた小さな命の前で息をひきとりました。

闘病8年、83年の生涯でした。

私は人目もはばからずに大泣きをしました。

お母ちゃんのこと、絶対に忘れない。

第3章

家族の病が重なっていく

入退院を繰り返すばあば

ばあばの調子が悪くなってきた……

同居から4年目、わが家にうれしい出来事がありました。ふたりめの子どもとなる次女が産まれたのです。わが家は6人家族になり、にぎやかさを増しました。

ところが、幸せな日々は続きません。次女が産まれたあと、ばあばの調子が少しずつ悪くなっていったのです。食欲のない日が続き、日中はベッドの上で過ごすことが多くなりました。透析の日以外も横になる日々。私が次女の育児に追われていたこともあり、長女はばあばのベッドに潜りこむことが増えました。

「ばあば、しんどいんだって。寝かせてあげて」

声をかけると、長女はばあばの横でおとなしくしていました。

ばあばが台所に立つことも、ほとんどなくなりました。

理由は私がばあばの味をマスターしてきたことと、ばあばの身体が思うように動かなくなってきたこと。そしてもうひとつ、これが堪えたらしいのですが「最近、おふくろの味つけ濃くない？」と夫に言われたことです。

ばあばは、自分でも薄々感じていたそうです。

「味がよくわからなくなってきてしまったんよ」と悲しそうでした。私は「大丈夫ですよ。私が毎食作りますから」と伝えました。

その日、私が次女を背負って朝食の片づけをしていると、ばあばと一緒に横になっていたはずの長女が、台所に走ってきて教えてくれました。

「ばあば、気持ち悪いって」

洗面器を手に寝室へ行くと、

「おなかが痛い」

とばあばが訴えます。その頃は、調子の悪い日が続き「様子を見ようか」ということもありましたが、その日はいつもと違います。顔色は悪く、額には脂汗をびっしりかき、苦しみ方は「様子を見る」範疇を超えていました。

本人に確認をとってからすぐに救急車を呼び、じいじに留守番をお願いして、ふたりの子どもと一緒に救急車に乗り込みました。

「鼠径《そけい》ヘルニアですね。腸閉塞（腸の管が詰まっている状態）も起こしているので、緊急手術になります」

「えっ？」

鼠径ヘルニアは、足の付け根の鼠径部と呼ばれるあたりの筋膜が弱くなり、腸や内臓脂肪などが皮膚のすぐ裏側まで飛び出してしまう病気だそうです。

「術後の経過にもよりますが、1週間ほど様子を見て、問題がなければ退院できると思います」

退院の目安を告げられ、ほっとしました。

手術の間、子どもを連れていったん帰宅すると、じいじがリビングでテレビもつけずに腕組みをして座っていました。

「ご苦労さん、どうだった？」

鼠径ヘルニア、腸閉塞、手術という言葉に驚いていましたが、入院期間の目安を告げると、やはり少し安心したようでした。

ばあばは医師の見立て通りに、約1週間で退院できたのですが、それからというもの、入退院を繰り返すようになりました。十二指腸潰瘍、膀胱がん、肝硬変と、次々と病魔に襲われたからです。

そのたびに、どんどんばあばが小さくなっていくのがわかりました。

「できない」「難しい」ときは「助けて」と相談する

入退院を繰り返している間も、透析は命綱。

入院している間は安心ですが、通院後の透析には、送り迎えと着替えの手伝いが必要です。動き回る幼い長女と乳飲み子の次女を連れて、ばあばを車に乗せるなどの介助は、困難を極めました。子どもに気を取られていると、ばあばのことができませんし、ばあばに集中すると、子どもから目を離すことになります。どうしよう。

夫に話をし、都内で暮らすお義姉さんに相談して、費用の面で協力をしてもらって、介護ヘルパーさんの手を借りることにしました。

週3回の送迎の心配がなくなり、少し安心できました。
「できない」「難しい」と思ったときは、無理をせず、誰かに「助けて」と相談する。
これは、在宅介護の鉄則かもしれません。

そんな生活の中、ばあばがお世話になっている病院の栄養士さんから「肝硬変の食事について相談したい」と連絡がありました。

ばあばの場合は「自己免疫性」からくる肝硬変。普通に食事をしていても栄養状態が悪くなるため、なるべく高カロリーの食事を心がけてほしいと言われました。

「食事で難しいなら、補助食品で補ってもらっても構いません。いままで腎臓病食で塩分やリン、カリウムを控えてきたと思います。矛盾するところも出てくると思うので、そのときは腎臓食より肝臓食を優先させてください」

ばあばは、さっぱり、あっさりしたものが好みです。

わが家は、子ども、私たち中年層、高齢者の3世代の食事を用意するので、あっさりからこってりまで、できるだけいろいろな種類を作って、好きなものを選んでもらう「チョイス型」にしていました。

ばあばの手が伸びるのは、カロリーの少ないものばかりです。

でも、そうは言っていられない。とにかく食べてもらわないと。

「ばあば、いままで以上に料理を頑張りますから、どうかばあばは一生懸命に食べてくださいね」

「わかった。食べてみる。里華さん、ありがとう」

それからというもの、ばあばに1日3食の中で必ず1回は高カロリーのおかずを食べてもらえるよう、揚げものや、こってりした中華料理も積極的に作りました。すると、ばあばはそれを一生懸命に食べようとしてくれました。

どうしても食欲のないときは、薬と補助食品を無理矢理、胃に押し込んでいました。ばあばは、「これはこれでつらいよ……」と、苦笑いしながら食べていました。

じいじの認知症の予兆が始まる

どんどん耳が聞こえづらくなっていく

ばあばの入退院が繰り返されるようになった頃、じいじにも変化がありました。身体の具合は悪くないのに、食欲がなくなったり、いびきをかいて寝ている時間が多く、声をかけてもなかなか起きない日が増えてきたのです。また、きれい好きでお風呂が大好きだったのに、2日に一度の入浴になることも。機嫌が悪い日もみるみる増え、大きなため息をつき、落ち込んでいるようにも見えます。

うつのような症状が、出てきたようでした。

ばあばに聞くと、若い頃から少し躁うつがあり、薬を飲んでいたこともあったそうです。ただ、それほど重そうな症状ではないので、見守ることにしました。

ほかにも変化がありました。同居を始めた頃から少しずつ聞こえにくくなっていた耳が、さらに聞こえづらくなってきたのです。大声で話さないと、じいじだけ家族の会話に入れなくなってきました。

補聴器を試すことになり、じいじと子どもたちと一緒に、駅前の補聴器相談ショップへ行きました。

聴力検査から始まり、補聴器の機種を決め、装着して何度も「聞こえ」を試し、耳の形におさまりのいいものを選ぶ。

本人に合う補聴器を見立ててもらうのに、かかった時間は2時間以上。

そして、早速、２週間のお試し期間が始まります。

ところが、帰宅するとすぐに補聴器を外してしまうじいじ。そのあとも、なかなかつけようとしません。ばあばが少しきつめに「お父さん！　補聴器をせんと、意味ありゃせんがね！」と言うと「お前はすぐにわしを馬鹿にする！」と逆ギレ。

その後は、いくら話しかけても無視をして、とうとう話さなくなってしまいました。

翌日、私が、補聴器をするように促すと、いったんははめてくれるのですが、トイレへ行く前に外し、テレビを見る前に外し、食事中に外してしまう始末。
結局、補聴器はあきらめて返すことにしました。

じいじは耳元で大声を出さないと、こちらの声が聞こえません。加えて、低い声で話さないと、より届かないのです。

もともと早口で声が高めだった私は、いつの間にか、低く落ち着いた声に変わっていました。

いつも私たち家族が大声で話すわけにもいかず、じいじは次第に家族の会話についてこられなくなり「いつもコソコソ話しおって！」と、不機嫌になる日が増えていきました。

それまでになく、怒りっぽくなってきたじいじ。これが認知症の予兆だとは、その頃は気づきませんでした。

1日中探し物をし始める

この頃から、じいじは探し物をすることも増えていきました。

サイドボードに押し入れ、洋服ダンス、着物の桐ダンス、お仏壇の引き出し、キッチンの戸棚……。家じゅうの扉や引き出しを開けては閉めて、閉めては開けてを繰り返すのです。

「手伝いますよ。何を探しているんですか？」と聞くと、「うーん……」と頼りない返事が返ってくるだけ。いっこうに探し物は終わりません。

「里華さーん、ちょっとすまんけど！」

ある日、寝室で横になっていたばあばに呼ばれました。ばあばは「今日も朝からずっと探し物よ。『お父さん、何を探しているの？　教えてくれたら私がわかるかもよ』と聞いても『あんたにわかるわけなかろう！』と怒鳴るんよ。おそらく、探しているものがわからなくなっているんだと思うんよ」

「探すこと」は、その日の夜中も起こりました。

寝ていると、階下の義父母の寝室から、

「もう夜中よ、お父さん、明日にしたら？」

という声が聞こえ、目が覚めました。時計を見ると、1時を過ぎています。階下に降りていくと、明かりのついたリビングに、じいじのしゃがみこむ後ろ姿が見えました。

昼間の続きをやっているようです。何冊もの日記、アルバム、ファイルなどを引っ張り出して、テーブルの上に広げ、さらにサイドボードに頭を突っ込んで何かを探していました。

「じいじ、どうしたの？　夜中だよ。そんなに急ぐものなの？」

私が聞いても返事はなく、振り向きもしません。そのうちに夫も目を覚まし、1階に降りてきて大きな声で言いました。

「親父、明日にして。子どもたちも起きちゃうから」

振り向いたじいじは、眉間にしわを寄せ、目は血走り、肩で息をしていました。

「お父さん、顔色が変よ。血圧が上がっているかもしれん。これ以上は危険だから、明日にして」

ばあばの必死な声に、やっと探すことをやめてくれました。

翌朝、食事の用意をしていると、じいじが起きてきて、何ごともなかったように「おはよう。朝からご苦労さん」と声をかけられました。

「子どもを幼稚園に送ったあと、私も一緒に探しますからね」と言うと、

「えっ？　何を探すって？」と、耳に手を当てながら聞いてきました。

「ほら、夜中も一生懸命に何か探してたから、急ぎのものなんじゃないかと思って」

「何も探しとらせんよ」

じいじは少し気分を害したように、テーブルにつきました。

じいじをごまかして「物忘れ外来」へ連れて行く

探し物の時間は、どんどん増え、一方で、会話や出来事を覚えていられる時間がだんだん短くなりました。じいじの様子が心配で仕方がないばあばは、ある日、こう言いました。

「里華さん、すまんけど、父さんを病院に連れて行ってくれん？　ボケたんじゃなかろうかと思うんよ」

いや、それはない。あんなにしっかりしたじいじが、ボケるはずはない。でも、最近のじいじの行動は、たしかに奇妙だ。きっと、年齢的に物忘れがひどくなっているのかもしれない。

私はそう思いながら、長女を幼稚園に送り出したあと、近くの総合病院へ連絡をし、その日のうちに物忘れ外来で診察してもらう手はずを整えました。

じいじには、なんて言おう。私はじいじの機嫌のよさそうなタイミングを見計らって、こう切り出しました。

「最近、私、しょっちゅう物忘れをするんです。物忘れは、病気からくることもあるみたいなんですよ。じいじはどうですか？　物忘れは気になりますか？」

「里華さん、若いのに物忘れかね。まあ、物忘れは私も気になるね」

「じつは私、今日の午後、病院を受診してみようと思うんです。じいじも一緒に受診しませんか？　そのほうが私も心強いし」

と付き添ってほしい感を出して誘いました。

「今日かね？　ちょっと待って」

じいじはテーブルの上にあった自分の携帯電話を手に取ると、予定を確認するような仕草を見せ「ほんなら、そうしようか」と快諾してくれました。

次女はばあばにお願いして、ビシッと身支度を整えたじいじと一緒に車で病院へ。この頃は、杖をつきながらも自分でしっかり歩けました。

待合室で、じいじがトイレから戻ってくるのを待っていると、看護師さんに呼ばれました。

「ご家族の方ですか？　今日はどのようなことで来られましたか？」

その場で、看護師さんからいろいろ質問をされました。向こうから、じいじが歩いてくる姿が見えます。私は、本人が物忘れのことをよくわかっていないこと。ごまかして連れてきたことなどを矢継ぎ早に伝えました。看護師さんは、

「そういうご家族さんは結構いるので大丈夫ですよ」

と言って、すぐに事情を理解してくれました。

しばらく待ち時間があり、ようやく順番が来ました。

「呼ばれたかね？」

と立ち上がるじいじ。私も診察すると思っているじいじは、

「里華さんだけ入る？　それとも」

言い終わらないうちに割って入り、

「私、緊張するから、じいじからお願いします」と言いました。

じいじ、医師の質問に余裕で答える

診察室に入ると、問診票を見ながら、医師が言いました。

「88歳。米寿ですね。おめでとうございます」

「ありがとうございます」と笑顔のじいじ。

「ご高齢ですから、気になるところもおありでしょう?」

じいじは、病歴や服用中の薬、同居を始めたばかりのことなど、聞かれたことに余裕で答えていきます。ばあばが言う「ボケ」は、心配ないように思えました。

その後、認知機能や記憶力などのテスト、血液検査やMRIなど検査が続きます。

じいじは、私の付き添いで来たことはすっかり忘れている様子でした。

後日の診断結果は「年相応の物忘れ」。つまり、加齢による正常な物忘れということになりました。同居で環境も変わったし、それによって一時的にせん妄の症状が現れて、探し物などの行為が目立つようになったのではないかということでした。

一件落着。

しかし、安心したのはつかの間でした。

愛読者カード

■本書のタイトル

■本書についてのご意見、ご感想をお聞かせ下さい。

※ このカードに記入されたご意見・ご感想を、新聞・雑誌等の広告や
弊社HP上などで掲載してもよろしいですか。
はい（実名で可・匿名なら可）・いいえ

ご住所	〒□□□-□□□□　☎　—　—		
お名前	フリガナ	年齢	性別
			男・女
ご職業			

郵便はがき

141-8205

おそれいりますが
切手を
お貼りください。

東京都品川区上大崎3-1-1
株式会社CCCメディアハウス
書籍編集部 行

CCCメディアハウス　書籍愛読者会員登録のご案内
＜登録無料＞

本書のご感想も、切手不要の会員サイトから、お寄せ下さい！

ご購読ありがとうございます。よろしければ、小社書籍愛読者会員にご登録ください。メールマガジンをお届けするほか、会員限定プレゼントやイベント企画も予定しております。
会員ご登録と読者アンケートは、右のQRコードから！

小社サイトにてご感想をお寄せいただいた方の中から、
毎月抽選で2名の方に図書カードをプレゼントいたします。

■アンケート内容は、今後の刊行計画の資料として
利用させていただきますので、ご協力をお願いいたします。
■住所等の個人情報は、新刊・イベント等のご案内、
または読者調査をお願いする目的に限り利用いたします。

じいじ、「レビー小体型認知症」と診断される

言動がどんどんおかしくなってきた

じいじが物忘れ外来で診断された「年相応の物忘れ」「一時的なもの」でないことは、すぐにわかりました。

というのも、じいじの言動が、どんどんおかしくなっていったからです。

昼間、お風呂に入ったことを忘れて、夕方、再び入ろうとする。出かけるたびに、お金をなくす。オシャレできれい好きだったのに、着替えをしなくなり、ひげもそらない。あんなに鏡を見ていたのに、髪がボサボサでも気にしなくなりました。

トイレは流し忘れる。キッチンの水、お風呂のシャワーは出しっぱなし。

入れ歯をゴミ箱に捨ててしまったり、冷蔵庫の中に眼鏡をしまってみたり、姿見を

お仏壇と間違えて拝んだりする。食事をしたことを忘れたり、何年も欠かさずにつけていた日記も書かなくなり、テレビも見なくなり、遠出はもちろん、日課だった散歩も行かなくなりました。

会話にしてもそうです。こちらから話しかけるときには、単語のように短く切らないと、じいじには理解できなくなりました。

いままでできていたことが、できなくなっている。これは、自分でも気づいていたと思います。苛立ちを隠さないことが多くなりました。

お金の管理を夫がすると伝えると「馬鹿にしおって!」と一時的に機嫌が悪くなったものの、そうせざるを得ないこともわかっていて、素直に応じてくれました。

かわいがっていた孫の顔に焦点は合わず、1日中ベッドで過ごすことも増え、常に眉間には皺が寄っているような表情に。義母に対する暴言や暴力も始まりました。

さらに、幻視や幻聴がひどくなり、壁に向かって見えない誰かに深々とお辞儀をしたり、「天井の電気が走り回る」とか「エアコンから写真が飛び出してくる」と言い出すようにもなりました。

見えない誰かの呼びかけに「なんて? いま、なんて?」と聞き返したり、天井に向かって突然「そんなところにいないで、出てきなさい！」と大声で叫ぶ。

真夜中に見えない孫を追いかけて、玄関や窓を開け放ち「おーい」と呼ぶ。

昼夜を問わないじいじの奇行に、家族は睡眠不足になっていきました。

のしかかってきたじいじの病

このままだと、共倒れになる。

さすがに、物忘れとは違う何かが起きていると思い、今度は、以前受診した病院とは別の脳神経外科に駆け込みました。同じような検査を受け、医師から診断結果を告げられました。

「レビー小体型認知症ですね」


レビー小体型認知症？

聞いたこともなかったその病名を、自分でもネットで調べました。

レビー小体型認知症は、アルツハイマー型認知症、脳血管性認知症とともに「3大認知症」といわれている。認知症の20パーセントを占め、症状としては、抑うつ症状、実際にはないものが見える幻視や大声での寝言、頭がはっきりしているときと、そうでないときの差が激しい、などがある。

じぃじの症状と一致しています。

やっぱり、ばあばの言う通りだったのです。

私は身近に認知症の人がいなかったので、正直なところ、よく理解できませんでした。元役人で生真面目、書き物が大好きで、確定申告の提出物を見た担当の方が、みな驚くほどお金にも几帳面。こんな生き方をしてきた人が、認知症になるとは。

でも、目の前にいるじぃじは以前のようにオシャレで背筋の伸びたジェントルマンな面影はありません。


認知症のじぃじのお世話を、私はできるのだろうか。

夫のことは、あまり頼れません。

この頃の夫は新しい事業を起こし、出張も多く、完全なオーバーワーク状態。でも、働いてもらわないと、義父母にかかる費用も捻出できないし、同居のために借りた、この家の高額な家賃も払えなくなってしまう。

ばあばへの暴言や暴力が、子どもたちに向くことはないのだろうか？

私には、恐怖しかありませんでした。

このときは、先々のことを考えると施設に入れることも検討したほうがいいと思い、義兄や義姉にも相談しましたが、結論はなかなか出ず、頭を悩ますだけの日々が過ぎていきました。

シモのお世話にてんてこまい

ベッドもトイレもびしょびしょに

「いよいよ、じいじの本格的な介護が始まった」

私がそう自覚したのは、じいじのシモのお世話が始まったときでした。

最初にじいじがおもらしをしたのは、ばあばの体調がすぐれず、ベッドの上にいることが多くなっていた頃。レビー小体型認知症の診断を受けてまもなくでした。

朝、食事の支度に階下へ降りていくと、ばあばが

「お父さんが、がさごそしているの。それに、ちょっと臭うんよ」と言うのです。

じいじの様子を見に行くと、ズボンやパンツを脱いでいるところでした。ベッドに

目をやると、びっしょり濡れています。

「どうしたの？」と声をかけると「失敗してしもうた。トイレに行く夢を見たんよ」

とバツが悪そうに言いました。

その光景を見て、心臓がバクバクしました。これから、じいじのシモのお世話が始まると思ったからです。けれど、いちばん傷つき、ショックを受けているのは間違いなくじいじ。だから、できるだけ平静を装って、

「そうなんだ、大丈夫。とりあえず、シャワーを浴びようか」

と一緒にバスルームに行き、自分で下半身だけ洗ってもらいました。きれいなパンツとズボンをはいてもらったあとに、こう言ってみました。

「申しわけないんですけど、紙オムツを買ってきますから、はいてもらえますか」

じいじに聞こえるように大きな声で言ったつもりでしたが、返事はありませんでした。返事がないのが、返事だと思いました。きっと、自分でもどうしたらいいかわからなかったのだと思います。

デリケートな問題なので、それ以上は言えませんでした。

その日を境に、トイレの失敗は増えていきました。

夜に限ったことではありません。トイレまでの距離感がつかめなくなっていて「トイレに行ってくる」と言ったとたん、その場でおしっこをすることもありました。トイレまではたどり着いても、そこから排泄する準備までが間に合わない。

だから、トイレがびちょびちょになります。

寝室にポータブルトイレも置いてみましたが、使ったことがないから、トイレと認識できない。通り越して、家のトイレに行ってしまいます。ポータブルトイレを不審物と認識していて、毎回「これ、なんだ?」といじってしまう。

うちには合わないと思い、すぐに撤去しました。

「オムツ、はいてくれませんか?」

その頃は、ばあばは寝たきりでいることが多くなってきた時期。失敗のたびにじいじの着替えを手伝ったり、床の掃除をするのは私の役目でした。ばあばは「すまないね」と気づかってくれました。

そんな日々が続いたあと、じいじの機嫌のいいときに、こう話しかけました。

「子どもたちもトイレに行きます」

「うん」

「トイレがびちゃびちゃだと、困るでしょう」

「うん」

「びちゃびちゃだと、掃除をするのも大変なんです」

「うん」

「夜とか自信がないときだけでいいですから」

「うん」

「オムツ、はいてくれませんか?」

「わかった」

じいじは、了承してくれたのです。以来、夜はオムツをはいてくれるようになりました。

ただ、夜中にベッドでオムツを脱いでそのまま寝てしまうことがたびたびあり、結局、ベッドがびっしょりになったり、トイレの前が濡れていたりすることも。そのたびに夜中でも掃除をする日々が続きました。

ベッドでの失禁は大変で、ベッドマットも掛け布団もびしょびしょになります。洗えるものは手で洗い、じいじ用に買った布団乾燥機で乾かしました。レンタルベッドだったので、マットの交換は頻繁。この時期が、いちばん大変でした。

いつまで続くんだろう、と途方に暮れた日もありました。しかし、そのうちに認知症が進んで、正気でいる時間が少なくなりました。すると、紙オムツに対するじいじの気持ちの抵抗もあまりなくなってきたのです。以降は紙オムツだけにして、布のパンツはすべて捨てました。あると、じいじがはいてしまうからです。

いまもそうですが、じいじは、便はちゃんとトイレでしてくれます。

便いじりがないのは、救いかもしれません。

意識しないで淡々と

介護のシモのお世話に抵抗のある人は、多いと聞きます。

私の場合、ちょうど、次女のオムツが取れた時期。

「またか」と思いましたが「オムツ替え」も「おもらし」も慣れていたので、私自身の拒絶反応はそれほどありませんでした。時期的に、ちょうどよかったのかもしれません（笑）。

ただ、じいじのほうは、気にしていたと思います。

同性でも、シモのお世話をされるのは恥ずかしい。それが、異性となると、なおさらでしょう。じいじもはじめは恥ずかしがっていました。

認知症と聞くと、ずっとボケた状態をイメージする人が多いかもしれません。けれど、ボケていない状態でいる時間もあります。そういうときは、羞恥心もあるし、プライドもあるのです。

私はじいじのおシモを洗ったり拭いたりすることもありますが、そのときもできるだけ意識しないで「身体の一部」と、とらえてやっています。私が意識すると、じいじも意識してしまうからです。

夫は、県庁に勤めてしっかりしていた父親が、失禁をするのが受け入れられませんでした。だから「なんで、そうなんだよ！」「なんで、トイレに行けないの！」「おしっこはトイレでしてください！」と毎日すごく怒っていました。

すると、じいじも興奮して、

「おまえは、俺を馬鹿にしているんか！」

と言い合いになります。

私は、夫にだけこう言いました。

「言い合うと、じいじの気持ちが落ちて、うつ状態になって介護がしづらくなる。受け入れられない気持ちはわかるよ。じいじのお世話は私がやる。あなたは働いてください。そういう分担にしよう」

夫はわかってくれたようでした。

とは言っても、大人のシモのお世話は、身体を支えたり、動かしたり、ときにはシャワーを使ったりと体力が必要です。ばあばの具合が悪くなってきたこともあって、ばあばのケアマネさんに相談すると、

「里華さんだけがひとりで頑張るのは、介護としてはいちばん危ないこと。じいじのケアプランを考えていきましょう」

と言ってくれました。

デイサービスと訪問リハビリ

じいじはデイサービスが苦手

じいじのケアの対応で最初に検討したのは、老人ホームです。

でも、特別養護老人ホームは待機者が多くて入所は何年も先になるし、民間の有料老人ホームは高すぎて手が出ません。

短期入所のショートステイは、じいじの場合、自己負担が3割と高額になるので、なかなか利用できません。

それに、子どもたち（孫たち）はじいじが大好きで、じいじも子どもたちが大好き。

そこを引き裂くことは、なかなかできないと考えました。

次に検討したのが、デイサービスです。

デイサービスに行ってくれると、家族は自分たちの時間が作れます。帰ってくると、疲れているので、夜も寝てくれるから、介護するほうの身体も楽です。

私も育児とのダブルケアで慌ただしい日々ですし、時間ができればリフレッシュしたいなあと考えていました。少しの時間でも、じいじが行ってくれると助かります。

ところが……です。じいじは、デイサービスが好きではありません。

朝、送迎車が来ても、自ら乗ることはまずありません。送迎のスタッフの方と夫が一緒になって車に乗せようとするのですが、いやがって足や手を突っ張ります。いやがる子どもを引きずって無理矢理、車の中に押し込めるような光景でした。

私はその様子を見ていて「じいじに対して、すごくいやなことをしちゃっているんだな」と胸が痛くなりました。慣れてくれることを願いましたが、じいじは慣れることはなく、半年ほど利用したところで、やめてしまいました。

もちろん、そんな利用者さんばかりじゃなくて「行くと楽しい」と感じる人も多いと思います。けれど、じいじにはとにかくデイサービスは合わなかったようなのです。

リラックスできるのはみんながいる家

ケアマネさんと相談して「出かけて行くのがいやなら、訪問リハビリを頼んで、家でケアをしていただこう」ということになりました。訪問なら自宅だし、いいかもしれません。

訪問リハビリの日は、毎回、ケアスタッフの方から言われた通りの運動を、いやがるそぶりも見せずに、ものすごく頑張ります。

30分間、小休憩をはさみながら体を動かして筋力をつける。

励まされ、ほめられ、応援されながら手足を動かす。日中、これだけ体を動かしてくれれば、夜中もぐっすり眠れることでしょう。じいじと私自身の睡眠確保のために、私も傍らで応援します。

ところが……です。

当然のことながら、頑張ると疲れる。疲れるとイライラする。

イライラし、しばらくするとそわそわして落ち着かなくなる。

ケアスタッフの方が帰るとすぐに「わしを殺す気か！」と怒鳴り出すのです。「もう二度と来るなと伝えてくれ！」と言い放つと、ベッドへ潜りこんでしまいました。

それがストレスになるようで、夜中まで引きずってしまう。すると、ちょっとしたことで怒り出したり、夜中まで神経が高ぶって「おーーい」「あーー！」など、大声を出したり、ベッドを叩いたりして騒いでしまうのです。

夜中にじいじが大声を出すと、ご近所に迷惑にもなるし、寝てくれないと家族も十分な睡眠が取れないので、本当に困る。ならば、「どこにも行かせず、誰も呼ばず、私がメインに介護をする、夫が働く」というところに落ちつきました。

私なら慣れているから、じいじは大声も出さずにリラックスできるようでした。そのほうが、私と夫の、気持ちや身体も楽なので、デイサービスやヘルパーさん、訪問リハビリもやめました。

ただ、訪問入浴は、御殿様気分でいれば、きれいにしてもらえるし、さっぱりするようで、じいじはとても気に入っています。そのため、週に2回、いまもお願いしています。週に1回の訪問看護も、同じ理由で利用させていただいています。

じいじは「デイサービスに行って、あれをやりましょう、これをやりましょう」と指図されて何かをするのが、きっといやなのでしょう。訪問リハビリも、自分が身体を動かさなければならないから、これもいや。

訪問入浴のように、周りが身体を洗ってくれたり、髪を乾かしたり、足を揉んでくれたりするのは、心から受け入れられるようでした。

こうして、じいじの在宅介護のプランが決まりました。

じいじの暴力がひどくなり、ばあばは入院

ばあばをどうしても許せないじいじ

「レビー小体型認知症」と診断されてからというもの、じいじの症状は次第に悪くなっていきました。

最初は物忘れだけでしたが、ばあばに暴言を吐くようになったり、うちわでベッドの脇をカンカン叩いたりするようになりました。

肩をドンとついたり、杖で、隣に寝ているばあばのスチール製のベッドをガンガン叩くこともありました。ある日の夜中、

「もう勘弁してください、本当にかんにん!」

と言うばあばの大きな声が聞こえて、あわてて夫とふたりで降りていきました。夫

が「何があったの？」と聞きましたが、じいじは話ができる状態ではありません。

血圧は上がり、目が血走っていました。

ばあばに聞くと「むかーしのお金の話なんよ」とつぶやきました。

じいじは、若い頃から働き者で真面目。コツコツ貯金もしていました。地方公務員ですから、ある程度退職金も入ったそうです。

ところが、ばあばがそのお金をすべて使ってしまったというのです。

ばあばは愛媛に住んでいた頃、華道、茶道、着付けの先生をしていました。仕事柄もあり、着物が好きで、呉服屋さんから「いい反物が入りました」と連絡が入ると「見せてくださる？」と持ってこさせて、気に入るとすぐに買っていたそうです。

東京へ出てくるときに、ずいぶん処分したようですが、高級な着物をタンスいっぱいに持っていました。気前がよく、華道のお弟子さんたちを、なんとじいじの退職金で旅行に連れて行ったそうです。高級なものが好きで、自分で買い物をしていた頃は、食材を買うのは決まって高級スーパーでした。

そんなこんなで、じいじの貯金はあっというまに底をついてしまったのです。

「ばあばが？」と、私もにわかに信じ難い驚きの話でした。それは、東京に出てくる前のことだそうですが、認知症になったじいじは、そのことを鮮明に覚えていて、ばあばの顔を見るたびに責めていました。ばあばはついに参ってしまい、

「どうすればいいんですか。私が死ねばいいんですか」

と叫びました。見かねた夫が割って入って、

「あのときのことは、おふくろが全部悪いよ。だけど、親父はいったん許したでしょう。いつまでもそんなこと言わないほうがいいよ」

その場はなんとなくおさまるのですが、いったん暴力や暴言が始まると、1週間から2週間は同じことが続いてしまうのです。

毎日同じことで怒鳴られ、叩かれ、責められて、ばあばは、

「もう、お父さんと離してほしい。できれば、施設を考えたい」

と言い出しました。ばあばの体調は、その頃、かなり悪くなっていました。私は、

「でも、いまのばあばの体調では施設は難しいですよ」

と心配して言いました。すると、

「いや、行くのはお父さんよ」

私は思わず吹き出してしまいました。

認知症はつらい記憶を呼び起こしてしまう

ばあばが気の毒だし、私たちも眠れない夜が続いたので、このときも、じいじを老人ホームに入所させるかどうか、検討しました。けれど、費用の問題で断念しました。じいじは、ある程度の年金はありました。ですが、そこからじいじとばあばにかかる治療費や入院費、介護の費用を捻出するには足りないのです。

夫は夜遅くまで働いていましたが、２世帯が暮らす家の家賃は高額ですし、子どもたちの将来の貯金を考えると、補填もできない。


そうこうしているうちに、ばあばの健康状態がどんどん悪くなっていき、とうとう身体を壊して入院することになりました。ばあばはここ数年、入退院を何度も繰り返していました。家族と離れることになるので、そのたびに寂しそうでしたが、このとき、ばあばは入院をはじめて喜んだのです。

「これでやっと寝られる」

じいじとばあばのやりとりを聞いていて勉強になったのは、強烈なわだかまりは、そのときはいったん和解したとしても、記憶のずっと奥のほうに残ってしまうということ。

認知症になると、そのつらい記憶が出てきてしまうのだと。

できる限り夫婦仲よく暮らしていこう、と思いました。

じいじの認知症はますます進んでいく

「もう死にたい」と泣くじいじに声を荒げる

レビー小体型認知症の症状として、パーキンソン症状が現れることがあります。

じいじにも、この症状が現れました。前かがみで小刻みで歩く、倒れやすいなどの症状です。転倒することが多くなりました。

「帰ってくるまで動かないで」「ひとりではベッドから降りないで」「トイレへは行かないで」とじいじに声をかけると、そのときは「わかった」と返事をするのですが、すぐに忘れてしまう。

転倒したことを覚えていないので、また動き回って、転倒を繰り返すのです。

骨折で、長期入院することも増えていきました。

じいじには申しわけないのですが、入院している間は、私も夫もばあばも休むことができるし、子どもとの時間も取れて、ほっとします。

そんなふうに考えてしまう自分がいやだったり、子育てがままならないことがつらかったりして、この頃は涙が止まらない夜が多くなりました。

じいじは精神状態も悪く、薬を飲んではいましたが、目は普段の半分ほどしか開いておらず、よだれをだらだらとたらしながら泣き出すこともありました。

すると決まって、こう口にします。

「もう死にたい、あっちに行きたい」

「生きていくのが、しんどい」

子どもの前でも平気で言うので、

「やめて！　子どもの前で死を軽々しく口にしないで」と声を荒らげてしまったこともあります。

「生きていることが苦しい」と言われると、私は余計なことをしているんじゃないかと思ってしまうこともありました。

じいじはいまも時折「もう死んでしまいたい」「もうどうなってしまってもいい」と口にすることがあります。そんなときは、黙ってじいじの言葉を受け止めます。じいじは、躁うつを、ゆるやかに繰り返しているのです。

子どもたちを置いて家を飛び出した

じいじの状態がどんどん悪くなる中で、一度だけ娘たちの前で泣いてしまったことがあります。

それは、じいじがレビー小体型認知症とわかってから1年くらい経った冬の日のこと。長女は5歳、次女は2歳でした。ばあばは入院中でした。

当時、じいじのレビー小体型認知症の症状がひどくて、幻視、幻聴、徘徊、オムツいじりなどがありました。何よりも金銭的なことに執着をしていた時期で、自分の年金がどうなっているかをすごく気にしていました。

お金はすべて夫が管理していたので、じいじに聞かれるたびにそう説明すると「そうか」といったんは納得してくれるのですが、すぐに忘れてしまい、

「里華さん、わしの年金のことじゃがね」

と聞いてきます。1日に、一度や二度じゃありません。四六時中、聞いてくるのです。しかも、じいじは耳が遠くなっているのに補聴器をいやがったので、私は近所じゅうに響き渡る大きな声で、年金の説明をしなければなりませんでした。

わが家は住宅密集地にあるので、当時のじいじの年金事情は、向こう三軒両隣の人の耳にも届いていたと思います。

家事や子育てをしながら、認知症の症状がひどくなる一方のじいじの介護。私のイライラは、日ごとにたまっていきました。

この日もイライラしているので気が回らず、じいじのパジャマのポケットにティッシュが入っていることにも気づかずに、そのまま洗濯してしまい、洗濯機も洗濯物もティッシュまみれにしてしまいました。

私が確認しなかったのがいけないのだけれど、すべてをじいじのせいにして、

「なんで、ティッシュをこんなところに入れっぱなしにするの！」

と思いながら、1枚1枚ティッシュのかすを払い落として洗濯し直す。

そういうときでも何も気にせず、じいじは大声で私を呼びました。

「おーい、里華さん」

深呼吸をし、気を取り直して、じぃじの近くに行くと、

「年金のことじゃがねえ」

となるのです。


夕食のため、子どもふたりとじぃじが一緒に食卓についているときでした。私がせわしなく動いていると、じぃじが聞いてきました。

「年金のことじゃがねえ」

その言葉を聞いた途端、私の中で何かが壊れました。気づくと、外に飛び出していました。家の前で立ちつくし「もう、無理」と空を見上げていました。

我に返ったのは、次の瞬間、真冬の冷たい夜風が吹いてくれたからです。

「いけない、家に戻ろう。子どもたちの前で、なんてことをやっちゃったんだろう」

玄関を開けて家に入ると、長女がタタタタッと駆け寄ってきました。

「お母さん、ぎゅっとしてあげる。わらってー」

とまとわりつき、長女の真似をするのが大好きな次女も走ってきて、

「わらってー」

と私を抱きしめてくれました。

幼いながら、私の状態が普通じゃないと感じて、一生懸命励まそうとしてくれる娘たち。うまくできない自分の情けなさで私はあふれ出る涙を止められず、

「ごめんね」

と謝るのが精いっぱいでした。

自分はだめな母親だと思いました。

「いま、じいじのことやっているから、あとでね」「ちょっと待っててね。じいじのことが終わったら、すぐに行くから」と言いながら、いつも待たせて、我慢をさせているのに、子どもたちはこうして私を励ましてくれる。

なのに、私、何やっているんだろう。じいじにも悪いことしちゃったな。

いろいろな気持ちが出てきて、そのときは、号泣してしまいました。

じいじの介護をしている中で、子どもたちの前で泣いたのはいまのところ、その1回です。この号泣事件をきっかけに「何かを変えなくてはいけない」と考えるようになりました。

だからといって、どうしたらいいかわからない。

私の苦悩は、そのあともまだまだ続いていきました。

愛犬ポップが亡くなり、実母ががんを発症

最期まで私を気づかったポップ

ばあばやじぃじのお世話に右往左往している頃、愛犬のポップが腎臓病で動けなくなってしまいました。16歳を目前にした老犬です。近くの動物病院に入院したものの、もうできる治療はないから、と家で看取ることになりました。

「ポップ、ごめんね。病気に気づいてあげられなかった」

夫とつきあい始めた20代半ばに、小さかったポップと出合いました。

とっても小さい子犬でぷるぷると震えながら、大きな潤んだ瞳で上目遣いに見つめてくるかわいさに一目惚れ。そのまま連れて帰りました。以来、外食も旅行もショッ

ピングも一緒。増えていった家族も、ポップを大切にしてくれました。

２０１４年春。長女が幼稚園に上がって最初のゴールデンウィーク。

私と夫の手の中で、ポップは息をひきとりました。

娘たちも、夫も、みんなが家にいて、私の手が空いているときを選んでくれたのかもしれません。振り返れば、ポップはいつも気をつかってくれていました。そして、最期まで。ポップ、ありがとう。

ポップのことも、後悔ばかりです。でも、泣いてばかりはいられません。子どもたちは日々成長し、ばあばはどんどん弱っている。前に進むしかない。

目の前のことをひとつひとつやろう

私と実母は、私が本格的に芸能活動を始めた頃から、徐々に距離が生まれてしまいました。会うと、なぜか衝突してばかり。

母と娘の関係は、簡単に築けるものではないのだと感じます。

祖父母が病に倒れ、ともに同じ方向を見ながら看護をする過程で、実母と私は少しずつ、お互いに歩み寄っていきました。

ポップと母はそれほど接してはいませんでしたが、私はなぜかポップの死を母に伝えなければならない気がして、電話をかけました。すると、母のほうから、

「私ね、がんになっちゃったよ、大腸がん。膵臓にも転移していてステージⅢかⅣだって」

「えっ？」

「卵巣のあたりがかなり腫れ上がっていて、その腫れが卵巣ならばステージⅣ、リンパ節ならばステージⅢだって。いま、ベッドの空きを待っているところ」

と母は抑揚なく他人事のように話し続けました。

私は突然の報告に、ショックで涙があふれだしました。

「大腸がん」「リンパへ転移」と聞いて「だめかもしれない」と瞬時に絶望してしまったのです。

「とにかく、なるべく早くそっちに行くから」

私は夫の休みの日に、義父母や長女の世話を頼み、次女を連れて母の家に会いに行きました。母は私が高校生の頃に再婚して、新しい家庭を築いていました。

久しぶりに会った母の顔色は悪く、やつれて、声に覇気がありません。

「こうしている間にも、がんがどんどん進行していって、またどこかに転移しちゃうんだろうな」と不安そうに言いました。

母の気持ちを推し量ると、私は心が押しつぶされそうになりました。ただ、会いに来てよかったと思いました。顔を見ただけでも、少し安心できたからです。

義父母の介護もあるけれど、これからはなるべく顔を出そう。


1か月半後、妹から連絡があり、埼玉のがん専門病院で行った手術は成功。心配していたがんはリンパ節で、大腸がんとリンパの摘出をしたそうです。

その後、膵臓がんの手術も成功。家族みんなで大喜びしました。

しかし、母にとりつく病魔はおとなしくしてくれません。

膵臓がんの影響なのか、肝臓に栄養を循環させる太い静脈である門脈が、何かによって塞がれ、徐々に肝臓の数値が悪くなっていったのです。

そして、1年も経たないうちに、肝性脳症、糖尿病など次々と病気を発症します。

私は、ふたりの幼い子どもや義父母のケアがあり、すぐには駆けつけられないこともありましたが、時間をやりくりして、できるだけ母のお見舞いに行きました。

愛犬ポップの死、母に襲いかかるがんをはじめとする数々の病気……。

自分では、なんとか乗り越えていると思っていましたが、身体は正直です。

今度は私自身、ジベルばら色粃糠疹《ひこうしん》という皮膚病にかかったり、その翌年には左右の肋骨を疲労骨折してしまいました。

身体が「頑張りすぎないで」とサインを送ってくれたのかもしれません。

「あっちも大変」「こっちも大変」と気持ちはちりぢりになり、心はざわつき、頭もこんがらがっている気がしました。ここで私が倒れるわけにはいかない。

いろいろなことが、かわるがわる起こっても「目の前のことをひとつひとつ」を肝に銘じて動くようにしました。すると、焦燥感と不安が晴れていく気がしたのです。

ばあば、最後の入院

もう、家には帰れない

長女が小学校に上がる前の春休みのことでした。

夜中に、階下から「里華さん」と呼ぶばあばのか細い声が聞こえました。じいじとばあばの寝室からでした。入ってみると、ベッドに横たわったばあばが苦痛に顔をゆがめています。

「救急車を呼んで……」

かろうじて聞こえる声で訴えてきました。

これは、ただごとではないと思いました。ばあばは、いままでに救急車を呼ぶことを何度か拒否していたからです。

祖父母もじいじもそうですが、「ご近所に迷惑になるから」と、救急車で運ばれることをとてもいやがるのです。ばあば自ら「呼んでほしい」ということは、今回はとても切迫しているということです。

夫が子どもたちとじいじをみて、私がばあばにつきそうことになりました。私のほうが、救急車にも病院にも慣れていたからです。

救急搬送で、かかりつけの病院に行きました。

医師は「肝硬変末期でたまった腹水から痛みがくるのか、膀胱がんの痛みなのか、調べてもなかなか判明しにくい。相当な痛みを訴えているので、ひとまず入院してください」と言いました。私は一時的な入院だと思いましたが、ばあばには「もう家には帰れないかもしれない」という思いがあったのかもしれません。

ばあばは、長年透析を受けていました。祖母も同じ透析患者。4年前に亡くなったとき、ばあばは祖母の最期の様子を聞いてきました。

同じ透析患者として、自分もたどるかもしれないその道を、知っておきたかったのかもしれません。

「遠慮はいらないから、隠さずに話してちょうだい」

ばあばは言いました。

私は「祖母の場合、糖尿を悪化させての人工透析で、暴飲暴食を止められなかったから、ばあばとはまったく状況が違う」と前置きした上で、次のことを伝えました。


「もう透析ができない」と医師から告げられ、それを祖母に伝えたこと。

透析ができないということは、死を意味します。祖母は死を怖がり、

「もう生きられないんだね。寂しいよ。死ぬのは怖い。生きていたい」

と言ったこと。

「そのとき」が近づいてくると、次女を宿していた私を気づかって、

「おなかの子にも会いたかった。無事に産まれるように祈っているからね。りかっぺ、身体に気をつけるんだよ。本当にありがとう」

と言い残して、意識を失っていったこと。

酸素マスクを苦しがったこと。

栄養剤の管も入れたためか、見ていられないほど体がふくれ上がり、向きを変えようとするだけで「やめて!」と叫ぶほど苦しがったこと。

苦しがる祖母を見ていられず、「管も酸素マスクもはずして、早く楽にしてあげたい」と思っていたこと。もっとほかの方法を見つけてあげられなかったのかと、いまでも後悔していること……。


頬に涙を流しながら、黙って聞いていたばあばは、

「里華さん、私のときは、管は絶対につけないでね。何があっても」

それから、

「透析ができなくなって、脳症になるのも怖い」

と加えました。

病院での透析中に隣の患者さんが脳症を起こして、わけのわからないことを言い、手をバタバタさせたりしているのを見てきたそうです。

「できれば自宅で看取ってほしい。けれど、脳症を起こしたり（肝硬変から併発しやすいと言われる）、喉の静脈瘤の破裂を起こして、吐血する可能性もある。その姿を、こんなにかわいい小さな孫たちに見せて、トラウマにはしたくない」

と言いました。

ばあばが「救急車を呼んで」と言ったのは、病院での最期を選択した、ということなのかもしれません。

入院中のばあばの幸せの瞬間

大叔母が亡くなるとき、最期に「食べたい」と言ったものを届けられなかった後悔もあり、入院中にばあばが「食べたい」とつぶやいたものは、必ず買ったり作ったりして、持って行きました。

びわ、いちじく、たけのこの煮物、じゅんさい、茶碗蒸し、ふわふわのだし巻き卵、鯛の澄まし汁、そして鰻まで（笑）。

食べられないことも多かったのですが、一口でも食べてくれると、うれしくなりました。仕事の合間をぬって毎日顔を出していた夫は、「鯛の澄まし汁は、俺が作るよ」と腕をふるいました。

病院に持っていき、夫が自ら、スプーンですくってばあばの口元へ運ぶと、「おいしい！」とその顔が輝きました。

息子が作った好物を、息子の介助で食べる。

ばあばにとっては、最高に幸せな瞬間だったと思います。

その後、ばあばは徐々に食が細くなり、甘い肝臓食を吐き出しそうになりながら口にしていました。それがあまりにもつらくなり、栄養の点滴を入れることになりました。透析ができる間だけ栄養を補助する点滴です。

ばあばは、

「4月になって、上の子（長女）がランドセルを背負い、下の子（次女）が幼稚園へ通うまで生きることを目標にする」

と言いました。

そして、こうも言いました。

「お父さんのことだけど、私が甘やかしすぎたから、自分のことも家のこともできない人になってしまった。里華さんにはこれから先も苦労をかけると思うけど、すまんね」

じいじは、出かけるときの洋服選びから、外食のときのメニュー選びまで、すべてをばあばに依存していました。日常的な行動のほとんどをばあばの言う通りに動いていたのです。自分がいなくなれば、それを嫁である私がしなければならなくなるだろうと案じて、私に謝りました。

そして、毎日のように「じいじをよろしくお頼みします」と頼んできました。

そのたびに、私は「お安い御用ですよ」と答えました。

ばあば、天に召される

「どうしますか？　個室へ移りますか？」

子どもたちも頻繁に病室に行っていたので「もしご要望があれば」と看護師さんが気を利かせてくれました。

「そのとき」が近づいていたからかもしれません。

この頃になると、身体中の苦しさから、いつもの透析時間が耐えられず、どんどんと短くなっていました。そして、主治医が、

「抜いてもいいですか？」

と栄養の点滴を抜く確認をしました。それは、透析ができなくなることを意味します。ばあばはうなずきました。

透析をしなくなってから1週間が過ぎると、言葉を絞り出す力がなくなりました。

ばあばは、時折、昔の中で生きているような、時間軸の合わないことを口走りました。そんな中で、家族がそろっているときに、一瞬正気を取り戻し、

「私の人生は幸せだったよ。ありがとう」

と優しい笑顔を見せてくれました。


その日の朝、私は子どもたちふたりを送り出してから、じいじを連れて病院へ向かい、ひと晩中ばあばのそばにいた夫と交代しました。

病室のベッドに横たわったばあばは空《くう》を見たまま、何か言いたそうに口をパクパク動かしましたが、言葉になりません。読み取ろうと、口の動きを一生懸命に見ましたが、わかりませんでした。

「ごめんね、ばあば。わからない。苦しいの？」

吐きたそうにしたので、うがいの容器を口元にやると吐血しました。口の端が黒い血で染まります。

「痛いのと、苦しいのだけはいや」

あんなに言っていたのに、目の前のばあばは苦しんでいる。

「ばあば、ごめん。こんなはずじゃなかった。苦しんでほしくないのに、ばあば、い

ま、すごくつらいよね」

祖父母や大叔母にしてあげられなかったことはすべてやってきた(と思う)。けれど、いま目の前の苦しむばあばに何もしてあげられない。それがもどかしい。

「ばあば、もう頑張らなくていいよ。じいじのこと、子どもたちのこと、何も心配いらないから」

その瞬間、呼吸が変わりました。急いで夫に電話をします。

お義姉さんが到着し、複数の看護師さんが義母の様子を見に入ってきました。

肩で息をする速度が落ちてきました。そして、突然、カッと目を見開くばあば。

ばあばからなのか私からなのか、握っていた手にぎゅっと力が入りました。

「ばあば、本当にありがとう」

気丈だったばあばは、最期まで意識を失うことなく息をひきとりました。


ばあばとふたりでいるときに交わした、ふたつの約束があります。

子どもたちが、ばあばのことを絶対に忘れないようにする。

じいじのことは、最期まで看る。

ばあば、約束は守るから見守っていてね。

ばあばからの手紙

ばあばが亡くなる1年ほど前、1通の手紙をもらいました。


次男のお嫁ちゃん、里華さん。

日頃私が思っている感謝の心を伝えたくて、震える手でペンを取りました。

震災のあと、老人ふたりでは心配だからと同居を提案してくださいましたね。熟慮の上で申し込んでくださったのでしょうが、かなりの決心が必要だったことと推察しております。

同居直後に私の病気が思いがけないほど進行して、人生終わりかなと思われたのですが、おかげさまで、なんとか多くの人様のお世話をいただいて、今日を迎えさせていただいております。取り分けて、私の命をつないでくださったのは里華さんです。

お医者さまから小食の私に「バランスよく栄養食を食べさせるよう」助言をい

ただき、あなたは私に言ってくれましたね。

「今日から一生懸命食事を作りますから、お義母さんも一生懸命食べてくださいね」

私は、ありがたく、生きる勇気が出てきました。いま思い出しても涙ぐみます。ふたりの幼子を育てながら栄養士さんの指導を受け、本も読み、私の命と向き合い、毎食真心のこもった食事を作り続けてくれています。ありがとう。

おかげさまで、今日まで生かされて、かわいい孫たちの成長を見せていただいて、本当に幸せな晩年を送っています。ありがとう。感謝します。

寿命のある限り里華さんに支えられ、孫ふたりに背中を押されながら、その日まで前を向いて行くつもりです。

よろしくお頼みします。深謝。


つらいときは、この手紙を開き読んでいます。悲しくて涙が出ますが、同時に、自分のやったことが間違いではなかったと自信になり、励まされるからです。ばあばからもらった宝物です。

何度も忘れるじいじに「ばあばの死」を伝えるべきか

じいじのそばに、ばあばはもういない

認知症を発症する前から、じいじはずっとばあばを頼りに生きてきました。

洋服は、靴下からネクタイまでばあばが毎日そろえ、じいじは何も言わずにその一式を着る。食事も、食卓につけば、ばあばが絶妙なタイミングで出してくれる。湯のみが空になれば、すぐに熱いお茶が注がれる。外食をしたときに自分が食べるものも、ばあばが選ぶ。義父の不調や怪我は義母がみて、「問題なし」と言われると安堵する。

いないと何もできないくらい、じいじはばあばに依存していました。

ばあばの姿が見えないと落ち着かず、家にいる私にすぐに聞いてきました。

「母さん、どこへ行った？」

「ちょっと買い物に出たよ。すぐに帰ってきますよ」

「そうか」

すぐに帰ってくると聞くと、安心するようでした。

そんなばあばが、先に亡くなりました。


ばあばが病院で最後の呼吸をしたとき、間に合ったのは私と義姉とじいじだけでした。私も義姉も、ばあばのそばで泣いていました。すでに認知症になっていたじいじは、車椅子に座ったままぼーっと空を見つめていました。感情こそ表に出さないものの、じいじなりにばあばの死を受け止めている。そんなふうに感じました。

ばあばが亡くなってから、じいじはばあばのことを口に出さなくなり、私からも、あえて何も言いませんでした。


じいじに変化があったのは3か月ほど経った頃です。

ふと私に聞いてきました。

「母さん、どこへ行った？　いっこうに帰ってこんが」

ばあばが亡くなったことを忘れちゃってる。なんて答えよう。

私は一瞬迷いました。「いま、ちょっと出ているだけだから、すぐに帰ってくるよ」と答えて、その場を取り繕うか。あるいは、亡くなったことを伝えるか。

私は後者を選びました。

「ばあばは、亡くなったでしょう？　じぃじも一緒に愛媛まで納骨に行ったじゃない」

そう言って、納骨のときのことを細かく説明しました。じぃじは、

「ああ、そうか」

と思い出したようでした。亡くなったばあばのことを悲しむというより、思い出せたことに安心しているようにも見えました。その後も、ときどき

「母さん、どこへ行った？」

と聞いてきます。私はそのたびに繰り返し事実を伝えています。

認知症だからといって、ウソをつかない

人によっては「認知症なんだから、わざわざ亡くなったことを伝えて、悲しい思いをさせることはない」と考える人もいるかもしれません。

ですが、認知症といっても、24時間365日忘れた状態が続くわけではなく、とき

どき記憶が戻って、頭がしっかりすることもあります。

「すぐに帰ってくる」と言ったことが頭のどこかに残っていて、数日後に思い出し、「母さんはすぐに帰ってくると、里華さん言ったよね」

と、じいじが混乱したり悲しんだりする可能性があります。認知症であっても、ウソをつくと、あとでつじつまが合わなくなることがあるのです。

子どもたちの目もあります。子どもたちがその場面に遭遇したら、きっと、

「えっ!? そうじゃないじゃん。ばあばは死んじゃったでしょう。お母さん、なんでじいじにウソつくの？」

ということになる。私自身も、たとえ小さなウソであっても、一度つくとウソの上塗りをしなければならなくなり、あとで、わけがわからなくなる可能性があります。事実を伝えておけば、結局、じいじも、私も、子どもたちも、混乱せずにすみます。

だから、わが家ではウソはつかず、聞かれたらなんでも正直に話すようにしています。認知症といっても、人は人。ウソを言ってごまかすのではなく、できるだけ誠実に向き合って、必要なら説明もしていく。それによって、家族の心のバランスが保てるのだと思います。

やっと幻視が改善された

合う薬があれば、症状は変えられる

じいじの認知症と向き合う中で、すごくうれしかったのは、症状に合う薬が見つかったことです。

じいじは、精神安定剤や血液をサラサラにする薬など、数種類を服用していました。しかし、うつの状態が激しくて、一度気持ちが落ちると「自分はだめで余分な人間だ」と嘆き、深く傷ついた姿になってしまいます。よだれをたらしたり、泣き出したりするのです。

何よりも厳しかったのは、夜に何度も目を覚まし、大声で幻視を訴えること。ご近所の迷惑になるので、家族はそのたびに起きて対応しました。

主治医に状態を説明し、「精神安定剤の薬を見直していただけませんか」とお願いしました。すると、新しい薬が効いて、夜寝てくれるようになりました。「これは、ありがたい」と思ったのもつかの間、今度は「朝起きられない」「起きてもフラフラする」ようになりました。ふらつきは転倒の元。危険なので、また薬を見直してもらいました。

その後も、主治医と相談しながら「症状を伝えては薬を変える」を繰り返し、うつの症状は徐々に抑えられるようになりました。

でも、いちばん効いてほしい幻視は治まらず、相変わらず、じいじは夜中に起きて壁に向かって話しかけたりしていました。

しかし、ある日、じいじにぴったりの薬と出合うことになります。

それは、骨折後のリハビリのためにリハビリ病院で長期入院したときのこと。入院して1か月半が経ったところで、担当の先生がこう提案してきました。

「お義父さまにはもっと合う薬があると思いますので、変えていいですか」

そんなに合う薬があるなら是非、と快諾しました。

当時、私は毎日、じいじのリハビリ病院にお見舞いに行っていました。最初の頃は、行ってもだいたいがぼーっとしている状態。こちらの話を理解できないようで、会話ができません。娘たちを連れて行っても、孫だと認識できずに、自分の子どもなのか、よその子どもなのか、混乱しているようでした。

ところが……です。薬を変えた途端、驚くほど改善したのです。

お見舞いに行くと「よく来たねぇ」と目を合わせて話をしてくれるし、会話も成立。子どもたちを連れて行くと「孫が来た」と喜んでくれます。こんなにも変わるのかと、本当にびっくりしました。

退院してからさらに驚いたのは、あんなにひどかった幻視が減ったことです。

完全になくなったわけではありませんが、夜中になると頻繁に見えていた幻視が激減したのです。窓の外が明るくても、暗くても、昼夜の区別がつかなくなっていたのも、わかるようになりましたし、季節も理解しているようでした。

うつの状態も、かなり改善され、驚きました。

合う薬を見つけるための入院もある

なぜ、リハビリ病院でじいじに合う薬を見つけることができたのか。

それは、3か月という長期入院中に、朝も昼も夜もずっとじいじを観察してくださったからだと思います。いま、医療制度の問題で長期入院は難しくなっています。病院の収入となる診療報酬は、入院期間が長くなるほど下がる仕組みになっているため、一般の病院では、だいたい2週間以内の退院を勧められるようです。なので、じいじが内科の疾患で入院しても、症状が改善すれば、すぐに退院となります。

認知症の薬を処方していただくときは、連れて行った瞬間のじいじを診ていただいたり、私から主治医の先生にじいじの日頃の状態を説明するしかありません。

先生が、じいじにぴったりの薬を見つけられなかったのは、私の説明が足りなかったからかもしれません。

リハビリ病院は、一般の病院と異なり、疾患や状態によって期間は異なるものの、リハビリをしながら長く入院できます。

じいじはたまたま転倒して骨折し、総合病院での治療のあと、リハビリ病院で３か月入院できたので、医師がリアルに症状を観察でき、合う薬を見つけられたのです。

この話を、私のＹｏｕＴｕｂｅ番組「高橋里華の介護らいふ」で、ゲスト出演してくれた、気象予報士の真壁京子さんにしました。真壁さんも、実のお母さまの介護をされています。

以前は、暴言や暴力があったものの、ぴったりの薬が見つかってからは、穏やかになられたそうです。

真壁さんのお母さまの場合は、調布市（東京都）にある青木病院という精神科中心の病院で合う薬を見つけるための入院をしたとのこと。自費診療かと思いきや、保険診療だったそうです。そんな入院方法もあったのかと、勉強になりました。

突然やってきた次女の「赤ちゃん返り」

「いまなら甘えても大丈夫」のサイン

ばあばが亡くなって、1年が経った頃のことです。

急に、5歳になった次女の赤ちゃん返りが始まりました。ばあばが亡くなり、私の手が少し空いたのを感じたのかもしれません。まとわりつくようになりました。

普段は、早朝に私が先に起きて、次女はまだ寝ているのですが、一緒に起きるようになりました。そこから後追いが始まり、台所では、調理をしているあいだ中、ずっと足にしがみついてくる状態。食卓についたら「食べさせて」と甘えます。戸惑いながらも「いいよ」と口に運んであげました。

最初は、まだ小さいから仕方ないのかな、と気に留めませんでしたが、そのうちに洗濯物を干しに行くのも、買い物に行くのも、ずっとついてくるようになったのです。

もともと、幼稚園に入園したときから「行きたくない」と言うことはありました。しかし、入園から1年経ったこの頃に特に強く出てきて、幼稚園のお迎えのバスに乗せようとすると「行きたくないよ。お母さん！」と言うようになり、無理矢理押し込めて幼稚園に行かせると、すぐに携帯電話が鳴りました。

幼稚園の先生からで「『お母さんに会いたい』とすごく泣いて、少しお熱があるようなのですが」

帰ってきてから、次女に、

「バスに乗るとき、なんであんなふうになっちゃったの」

と聞くと、

「お母さんと離れたくなかったから」と答えました。

熱をはかると平熱。

まだ幼稚園に慣れないのかなと思っていると、今度は、急におねしょをするようになりました。さすがにおかしいと思ったので、次女に聞いてみました。

「何かあるの？　言いたいことがあったら、ちゃんと言ってね。親子でも、言葉にしないとわからないことがあるよ」

「特に言いたいことはない。ただお母さんと一緒にいたい」


どうしたんだろう？

そこから自分なりに考えてみると、思い当たることがありました。

甘えたい盛りの3歳、4歳のときに、ばあばやじいじの介護に追われて、ちゃんと甘えさせてあげられなかった。いつも「ちょっと待ってね」と言って、待たせてばかり。食事にしても、じいじやばあばの健康を気づかったものが多くなっていました。

振り返ると、不憫な思いをさせたことが次々と頭に浮かび、せつなくなりました。

こんなんじゃ、母親失格だ。

ばあばが亡くなり、私の介護の負担が少し軽くなったのを見て、子どもながらに「いまなら甘えても大丈夫」と思って甘えているんだ。

幼い子に気をつかわせたこと、寂しい思いをさせてしまったことを反省しました。

「いつも、ずっと見ているからね」

それからは、できるだけ次女と一緒に遊ぶようにして、夕食のリクエストも聞き、食べたいと言われたものをせっせと作りました。

言葉に出さないまでも「いつも、ずっと見ているからね」という態度で次女と接するようにしました。すると少しずつ、赤ちゃん返りがおさまっていきました。2か月後には元の次女に。やっぱりそうだったんだ、とあらためて思いました。

人は、誰かに見ていてもらいたいものなんですね。

じつは、じいじにもそういうところがあります。

子どもたちのことばかりになってしまうと、今度はじいじが「こっちを見て」とばかりに、私のことを呼んだり「あっちが痛い」「こっちが痛い」と言ってきます。

ダブルケアでは、バランスを取って、家族ひとりひとりに「いつも、ずっと見ているからね」という気持ちで接することが大切だとわかりました。

次女が教えてくれた、人としての心得です。

第4章

それでも人生は続いていく

認知症のじいじと子どもたちは大の仲よし

子どもたちはじいじを弟のように思っている⁉

わが家のふたりの娘は、現在小学校４年生と１年生です。ふたりとも、じいじが大好きで、じいじに向かって「かわいい！」と呼びかけます。

入れ歯をはずすと「じいじ、かわいい！」。

座りながらうとうとしていると「じいじ、かわいい！」。

両手でコップをつかんでお茶をすすると「じいじ、かわいい！」。

そして、ふたりとも根気よくじいじのお相手をしてくれます。新しいおもちゃや自分で折ったたくさんの折り紙を、じいじのベッドへ持っていって遊びます。

じいじに折り紙を渡して「はい、じいじも一緒に折り紙折って」と言います。

じいじは「じいじはね、手がふるえて折れないよ」と言うと、じいじの分の鶴を折って渡し「じゃあ、じいじは鶴の役ね」と言いながら、一緒にチュンチュン、チュンチュンと遊びます。じいじは声色を使い、台詞を捻り出し、上手に役になりきることもあるんです（笑）。

じいじは愛する子どもたちのなすがままになって、とても穏やかな顔で笑っています。

同居したのは長女が生まれてまもなかった頃。じいじは認知症になっておらず、子どもにとっては、抱っこしてくれたり、頭をなでてくれる優しい「おじいちゃん」でした。

けれど、認知症になり、じいじにできないことが増えてきてからは、友だちのような関係になって一緒に遊ぶようになりました。いまは、ほぼ関係が逆転。子どもは心身ともに成長し、じいじが子どもに返っている部分があるので、一緒に遊びもするけれど、子どもたちのほうが、じいじのお世話をすることが多くなりました。

もしかしたら、子どもにとってはどこか、かわいい弟のように感じて大好きなのかもしれません。

じいじの見た目は大人だけれど、子どもたちを怒らないいし、「あれをしなさい」「これをしなさい」と面倒なことを言わないところも好きなのだと思います。

子どもたちには、小さい頃から「じいじは認知症という脳のご病気なのよ」と何度も伝えてきました。最初は「また同じことを聞いてきた」と不思議がっていましたが、だんだんわかってきて「またじいじが、同じことを言った。ハハハハハ」と笑っています。

子どもたちはじいじの生きがい

じいじも子どもたちを愛しています。子どもたちがいれば、いつもじーっと顔を見て、ニヤニヤを隠せません。骨折などで入院すると決まって「早く孫たちに会いたい」と何度も言います。

じいじにとって子どもたちは、自分が生きていく上での目的や生きがいだと思います。いまのじいじの生活は、目の前に食べものがあるから食べる、疲れたら寝る、テレビはついていれば眺める、という状況です。

かつては大好きだったオシャレを忘れ、１日も欠かさなかった日記を書くのもやめ、能動的に「楽しいことをする」ことはありません。

その中で「生きる楽しみ」として残ったのは、おそらく孫たちとのふれあいです。

食事は、家族そろって食べるようにしています。朝ごはんも夜ごはんも「しんどい」「まだ寝ていたい」と言われても、なるべくベッドから起こして食卓へと移動させます。じいじはひとりで生きているのではなく、家族と一緒に毎日を過ごしているんだということを、忘れてほしくないからです。

長女はじいじの隣に座り、ごはんを上手に口へ運べないじいじに食べさせたり、飲みものを飲ませてくれます。最近は、薬も服用させてくれます。

夜は、じいじを早く寝かせると夜中に目覚めてしまうので、なるべく起こしておかなければなりません。できる限り、話しかけます。この「起こしておく」という行為は毎日のことなので、私は結構しんどかったのですが、いまは子どもたちが手伝ってくれます。

いろいろな角度からひょっこり顔を出し「じいじ」と話しかけてクイズを出したり、手遊びをしたり、読み聞かせなどをして、コミュニケーションを取ってくれます。

私は「じいじ、まだ寝たらだめよ」「じいじ、まだ起きててよ」「夜中また寝られなくなっちゃうよ」と自分の都合で強引にコントロールしようとしてしまうので、きっとじいじとしては「やらされている感」があると思います。

でも、子どもたちにはそれがない。じいじは子どもたちと話しているほうが、自然の流れで起きていられるのだと思います。3世帯同居のダブルケアのいいところです。

こうやって認知症のじいじと暮らすことで、子どもたちは将来、高齢者や障害を持つ人に対して、抵抗や拒否感のない子に育つのではないかな、とも思っています。

みんなの心を救ったジャングルジム

ばあばが亡くなったあと、レンタルをしていたベッドを片づけると、じいじのベッドの横がぽっかり空いてしまいました。

その空間を見るたびに、子どもたちはもちろん私たち夫婦も（きっとじいじも）、ばあばの不在を感じ、寂しさと悲しみに襲われます。ばあばのことが大好きだった長女は、特にショックが大きかったようです。

このままでは、みんなの気持ちがどんどん落ちてしまう。

そう思い、ばあばのベッドがあった場所に、子ども用のジャングルジムを置きました。ばあばとの思い出を感じながら、前を向いて楽しく生きてほしいと思ったのです。

これは、思わぬ効果を生みました。


じいじはどうしてもベッドの上で過ごす時間が長くなるので、何も刺激がないと、すぐに寝てしまいます。子どもたちの好きな遊具をベッドの隣に置くことで、子どもたちがしょっちゅう出入りするようになりました。

じいじはその動きを目で追いかけ、楽しそうに笑い合う子どもたちを見ているだけで、刺激になるようです。加えて、ジャングルジムでできるようになった、とびきりの成果（ジャングルジムの一番上で仁王立ちなど）を披露したい子どもたちは「じいじ、見てて！」と叫び、それを見たじいじは「おおー、なかなかやるがねぇ」とうれしそうに反応します。

このやりとりで、じいじが昼間にぼーっと天井を見つめたり、寝入ってしまう時間が短くなり、夜にぐっすり寝てくれるので、とても助かります。

「孫を見守っている」感覚のじいじ

じいじは認知症であっても「自分が孫たちを見守っている」という感覚があるようです。

ジャングルジムや自分の歩行器で子どもたちが遊んでいると「いけんよ、危ないよ」と声をかけます。そのひとことがきっかけで、次女とけんかになることもあります。次女は少しぷんぷん気分で「あんまり赤ちゃん扱いしないで。私は大きくなったのよ！」と一丁前に言い返すことも（笑）。じいじは、たじたじです。

昼間「子どもたちはどこへ行った？」とじいじに聞かれることもよくあります。「学校だよ」と言うと「えっ？　もうそんなに大きくなったんかね」と毎回新鮮に驚かれます（笑）。

彼女たちが赤ちゃんだった頃の記憶のほうが、鮮明なのだと思います。記憶は日々、過去と現実を行ったり来たりしているようですが、孫は孫と認識しているようです。

ほかのご家庭のダブルケアのことはわかりませんが、わが家の場合は、認知症の高齢者と小さな子を離すのではなく、家族としてできるだけコミュニケーションを取らせることが、双方にとっていい影響を与えていると感じます。

周りの人に対して認知症を隠さない

家に美人ママ友が来ると、じいじがイキイキする

介護をしている中で、じいじの反応が驚くほどよくなったことがありました。じいじの体調のよいときに、自宅にママ友やその子どもたちを呼んで、月に一度開いていた、持ちよりのランチ会のときのことです。名づけて「介護でもランチ会」。そもそも、介護で煮詰まった自分のストレス発散と、私が介護にかかりきりで思うように外で遊べない子どもたちに楽しんでもらいたいと、ママ友にお願いして始めました。介護のために外で遊べないなら、家に友だちを呼んで楽しんじゃおう、と考えたのです。

介護をする自分や、家族のリフレッシュのために始めたのですが、じいじに思わぬ

変化をもたらしました。

わが家にきれいなママたちがやって来ると、もう何年も鏡を見ていなかったじいじが、ばあばの形見の姿見に自分を映し、乱れたヘアを手櫛で整えるようになったのです。びっくりしました。いつまでも殿方は殿方です（笑）。

私は、じいじが昔かぶっていたオシャレな帽子を押し入れから出し、渡しました。するど、慣れた手つきでかぶり、にかっと笑っておどけてみせたのです。お世辞じゃなく、かっこよくて、そして、とても懐かしかったです。久しぶりに会えた、紳士的なじいじでした。

ママたちからは「キャー、かっこいい！」と黄色い歓声が。それに応えるように、『月月火水木金金』『同期の桜』『ラバウル小唄』『若鷲の歌（予科練の歌）』など軍歌や戦時歌謡を歌いだすノリのよさ。

元ヘルパーや元セラピストのママたちが、じいじの足や頭をマッサージしてくれたり、優しい言葉で語りかけてくれるので、じいじは幸せそうでした。

ママ友たちには、感謝の言葉しかありません。

じいじもほかの子どもと遊ぶように

じいじは子どもが大好きです。ママたちと一緒に来る子どもたちも、じいじの目を楽しませてくれます。

ただ最初、ママ友たちは、高齢のじいじと子どもたちがふれ合うことを心配していました。

じいじは90歳を過ぎてあまりにも高齢ですし、認知症です。子どもたちが、じいじに何かやって怪我をさせてしまうのではないかと思ったようです。しかし、その心配は無用でした。

じいじの寝室に置いてあったジャングルジムで子どもたちが遊び始めると、昼間からいびきをかいてベッドに横になっていたじいじは目を覚まし、状況がわからないながらも、その様子に目を細めていました。

耳が遠いので、子どもたちの発する騒がしい音量は、ほどよく刺激にもなったようです。しかも、子どもたちはじいじを仲間に入れて、遊んでもくれました。

あるときは、なぞなぞ遊び。

「じいじ、なぞなぞだよ。ネズミが行く学校はどこでしょう？」

じいじの耳が遠いことがわかると、耳元で繰り返してくれます。

「ネズミが行く学校は、どこでしょう」

「はて、じいじはわからんなー」

「チュー学校だよ！」

と得意げに笑う子どもたち。

すると、じいじにもわかったのか「こりゃ参った！」と、ケラケラケラケラ楽しそうに笑っていました。

「プリンセスごっこ」と名づけた遊びでは「じいじは、いちばん人気のプリンセス役ね」とベッドに横たわったままのじいじに乙女なカチューシャをつけると、手鏡を渡しました。その手鏡に映る自分のかわいい頭を見たじいじは、手をひらひらさせてまんざらでもなさそう（笑）。

子どもたちとの時間を心から楽しんでいるようでした。

認知症は特別な病じゃない

じいじは体調に波があって、うつになるときがあったり、幻視がひどくなるときもあります。そのため、いつでもランチ会ができるわけではありません。しかし、当時、毎月のように開いていたランチ会で、じいじは常にイキイキとしていました。

その後、子どもたちが学校生活で忙しくなったり、ママ友も状況が変わってきたりして、開催することが少なくなっていきました。特にいまはコロナ禍で、人が集まるのは難しい時期です。でも、コロナ禍が過ぎて、みんなの都合が合えば、いつかまた開催したいと思っています。

親が介護状態になると、なんとなく隠したり、介護をしている自分が引きこもってしまいがちです。私も最初は介護に慣れないこともあり、余裕もなく、そういうところがあったかもしれません。

でも、考えてみると、介護は大なり小なり誰もが通る道。隠さなくていいと、わかりました。オープンにして友だちを呼べば、自分自身の心のケアになるのも、大きなメリットです。

じいじにマッサージすることで自分が癒される

じいじも私もリラックス

ある日、じいじの頭皮マッサージをしていたときのこと。

私がマッサージをしている側なのに、なぜか自分がマッサージを受けているような心地よさを感じたことがありました。身体がポカポカして気持ちよくて、身体の芯からリラックスするような不思議な感覚です。

そういえば、20代の頃、似たようなことを祖母（＝お母ちゃん）に言われたことがあります。当時、私は芸能界の仕事にようやく慣れてきたときで、仕事にも幅が出てきて気を張ることが多く、帰宅するとぐったり疲れていました。すると、祖母が、「りかっぺ、仕事大変だね」と言いながら、頭をマッサージしてくれたのです。

「お母ちゃん、マッサージ、とても上手だね。気持ちいい！」

「不思議だよ、こっちまで気持ちよくなって眠くなってきた」

マッサージを続けながら、祖母が眠そうに笑いました。

どうしてなんだろう？


私は、じいじの身体を温めたタオルで清拭しているときも、この感覚になります。自分の垢がはがれ落ちていき、さっぱりして気持ちよくなる感じです。

うまく説明できませんが「一心同体」のような不思議な感じ。

知人にこの話をしたら「それって、オキシトシンの効果じゃない？」と教えてくれました。人はふれ合うことで「オキシトシン」というホルモンが分泌されるそうです。

「愛情ホルモン」「幸せホルモン」とも呼ばれるそうで、分泌されると、なんとも言えない幸せな気持ちになるのだとか。

まさに、その通りでした。

しかも、ストレス反応を弱めたり、情緒を安定させる効果もあるそうです。

介護をする人と、介護をされる人がふれ合うことで、お互いがリラックスできるなんて、本当に素敵なことです。

以来、頭のほかに、むくみやすい足を揉んだりしています。

マッサージや清拭のとき以外もうまくスキンシップを取りたいと思いましたが、どういうふうにじいじとスキンシップを取ればいいのかわかりませんでした。

そもそも私は、スキンシップが苦手です。

母の性格なのでしょうか。子どもの頃に、母に抱きしめられた記憶がありませんでした。

同居していた祖母は、私が泣けば抱きしめたり、何かいいことをすれば頭をなでてくれたのですが、そんなに多くはありませんでした。

そのせいか、子ども時代も大人になってからも、人にふれたり、ふれられたりするのが苦手。徐々に改善はされましたが、子どもができて自分が母親になってからも、遊んでいるときはふれ合っても大丈夫ですが、急にぎゅっと抱きつかれると、びくっと身構えてしまうことがあります。

その点、夫と義父母は、かなりスキンシップを取っていて、抱き合ったり、頭や背中をなでたり、手をさすったり……。前にも書きましたが、私は「ちょっと過剰じゃない？　気持ち悪い」と思ったほどでした。

ふれるとじいじが安心する

そこで、夫をお手本にしました。

夫を見ていると、とてもスマートにじいじとスキンシップを取っています。

「そんなこと言うんじゃないよ」とたしなめるときに腕をさすったり、朝の挨拶でも、「おはよう」と優しく背中をなでます。

私も、いまは、できるだけじいじにふれるようにしています。

幻視におびえているときは「心配ないよ」と優しく肩をさすります。

少しでも咳をすれば「大丈夫？」と背中をなでます。

ふれると、じいじはとても安心するし、表情も穏やかになります。

じいじの安心する時間が長くなると、うつの症状が改善されるので、介護もしやすくなるのです。

睡眠不足解消は軽めの睡眠導入剤と「ちょっと寝」

眠れないのがいちばんつらい

認知症の家族の介護をしていると、大変なことはいろいろあります。

シモのお世話、「お金がなくなった」と言われること、暴力や暴言……。

私の中でいちばんつらいのは、じぃじが夜中に起きて「里華さーん、ちょっと来てくれ」と呼ばれてしまい、眠れないことです。呼ばれたらすぐに行かないと、自分で起き出して歩こうとしてしまいます。じぃじは歩行が不安定なので、介助なしに歩くと、転倒して怪我をする恐れがあります。

だから、呼ばれたら無視するわけにはいきません。

行ってみると「トイレに行きたい」は通常で、幻視や幻聴が出ているときは「そこに虫がいるんよ、取ってくれん」「子どもが泣いてるよ、何かあったの？」「そこにおられる方は、どちらさん？」とくる。

認知症になってすぐの頃は、じいじは昼夜がわからなくなっていたので、24時間いつでも呼ばれていました。そのうちに、私はちょっとした物音でも起きてしまうようになり、病院にこそ行きませんでしたが、睡眠障害に陥っていたのかもしれません。

「恐怖の自分がふたりいる説」であ然

子育て中の私にとって、何よりつらいのがこの睡眠不足でした。しっかり寝ていないせいで、昼間に頭がぼーっとしてしまい、思考が低下して、忘れ物が多くなり、当時幼稚園に通っていた長女に怒られたのは、一度や二度ではありません。

お弁当を持たせるのを忘れたり、逆にお弁当がいらない日なのに持たせたり、お迎えの時間を忘れたり、大切な行事を忘れることもありました。

「今日、防災訓練があったのに、なんで来てくれなかったの？」

「今日、一斉下校って言ったじゃん！　お母さん、忘れすぎ！」

と泣かれたこともあります。申しわけなくて情けなくて、泣きたくなりました。

「寝不足は本当に怖い」と思った出来事がありました。

名づけて「恐怖の自分がふたりいる説」です（笑）。

寝起きで台所に立ち「朝ごはん、何にしようかな」とぼーっと考えていたら、いつのまにか、朝ごはんができあがっていたのです。食卓に並べられた朝ごはん。まったく記憶にないのですが、無意識のうちに、お味噌汁とおかずを作っていました。

楽をさせてもらった気分です。とはいえ、自分で作ったことに間違いない。

ぞっとして、そのとき以来、寝不足のときは絶対に車の運転はやめよう、と誓いました。

睡眠不足だと、私の場合は人と会う気力もなくなります。

ここは女の意地なのですが、寝不足でやつれた顔を人に見られて、「介護していると老ける」「介護でやつれる」と思われたくないのです。

いま思えば、自分がどんどん崩れていった時期でした。

しかし、神様が見守っていてくれました。

あるとき、じいじの付き添いで受診すると、主治医の先生がぼーっとしている私を気づかって「ちゃんと眠れていますか」と聞いてくださったのです。

「じつは眠れていないんです」と白状すると「介護をしているご家族が倒れると大変だから」と、すぐにその時間の私の受診予約を取りつけてくれて、診察と睡眠導入剤の処方をしてくださいました。

服用すると、ぐっすり眠れました。強い薬ではなく、じいじの声には反応できるけれど、ちょっとした物音ぐらいでは目を覚まさないようになりました。

わが家の場合は、もし、私が目を覚まさなくても夫がいますので、そのあたりも安心できたのだと思います。

それから、徐々に私の睡眠不足が解消されていきました。

自分が寝られないときは迷わずケアマネさんに相談しよう

また、じいじの生活に合わせ、じいじが昼間に寝ているときは、私もちょっとずつ寝るようにしました。名づけて「ちょっと寝」。

夜、寝られなかったとしても、昼間に「ちょっと寝」を数回すると、不足分が補えます。この習慣で、睡眠不足はかなり解消されました。

いまも、ときどき1、２週間にわたって夜中に目覚めてしまうじいじですが、私は以前のような睡眠不足にはならなくなりました。

いま思えば、自分が眠れないことをもっと早くケアマネさんに相談すればよかったと思います。一時的にヘルパーさんに入っていただいて、自分の睡眠時間を確保できればよかったかなと。

自分で何もかも頑張ってしまうのは、おすすめしません。

自分がふたりいる説は、本当に怖かったです（笑）。

幻聴や幻視は受け止めて「のる」

じいじの気持ちを受け止める

じいじの認知症がわかって1、2年は、特に睡眠不足になりました。

原因は夜中の幻視、幻聴。ほかの人には見えないものが見えて、聞こえないものが聞こえてしまうことが多くなったのです。

じいじは、昼も夜もわからなくなっていたので、夜中であろうと、幻視が見えると、大きな声で私を呼びます。

「里華さーん、ちょっと来て」

行ってみると、

「ベッドの下にクギがいっぱいある。危ない、危ない！」

「お客さんがお待ちのようだよ」などと言います。

最初は「じいじ、どこにもクギは落ちていませんよ」「夜中だからお客さんは来ませんよ」と正直に答えていました。すると、じいじは必ず怒り出します。

「何を言っとる、ほら、里華さん危ないよ！　そこにあるがね！」

「夢を見たんですよ。もう寝てください」

「人を馬鹿にしおって、夢なわけなかろう！」

「ある」「ない」、「いる」「いない」の言い合いになると収拾がつかなくなり、じいじが疲れて眠るまで続き、寝不足はひどくなるばかりでした。


夫が対応すると、さらにこじれます。

じいじが「天井が動く」と言い出したときに、夫が真っ向から否定して、

「そんなわけなかろう。カラクリ屋敷じゃないんだから！」

と半笑いで答えると、じいじは、

「お前はわしを馬鹿にしているのか！　動いとる。ほら、いまも動いて。お前見えんのか！」

と反発。実の親子だから遠慮はなく、際限なく言い合いになって、収まりがつかな

くなりました。

一時期は、それを毎晩のように繰り返していました。

あるとき、試しにじいじの話にのってみることにしました。

「虫がいるから取ってくれん」

と言われたら、

「どこですか？　あっ、ほんとうですね。はい、取りました、もういませんよ」

と言って、手の中に虫を入れたふりをして、

「捨ててきますね。もう、大丈夫ですよ」

とのる。

すると、じいじは、

「これで安心だね、里華さん、ありがとう」

とベッドへ横になり、眠りました。

「これだ！」と思い、以来、じいじの幻視、幻聴は、否定するのではなく受け入れて、話にのることにしたのです。

それによって、幻視や幻聴がなくなるわけではありませんが、じいじの気持ちがす

ぐに収まるようになりました。

夫にも、

「じいじは信じられないことを言うけれど、お願いだから、話にのってみて」

と頼みました。すると、のってくれたのはいいけれど、度が過ぎてしまうことがあります。たとえば
「カニがお尻を挟んでいるから取ってくれん」

と頼むじいじに向かって、過剰なアクションと大きな声で、

「タラバガニ？　ズワイガニ？　カニカニカニカニ痛いカニ？」

とおどけてみせる。そうすると、じいじは気分を害して、

「馬鹿にしおって！　もういい！」

と始まってしまうのです。

夫からすれば、自分の親が幻視を見ている事実を正面から受け入れるのがきついのだと思います。

「おちょくりでもしないと、正直しんどい」

と言っていました。

そんな夫も、少しずつ、のり方の加減を覚えてくれています。

昼間穏やかに過ごすと幻視が減る

いまは、ふたつの理由で幻視を見る回数が格段に減っています。

ひとつは、じいじの認知症に合う薬が見つかったこと。

もうひとつは、昼間、じいじになるべく穏やかに過ごしてもらえるようにしているということです。幻視は、昼間に夫と言い合いをしたり、何かちょっと気分を害したことが引き金になって起こることが多いように感じたのです。

だから、日中はできるだけ、気分よく穏やかに過ごしてもらうように心がけています。もちろん、そうやっていても、幻視が100パーセントなくなるわけではありませんが、少なくなります。

夢にも寄り添う

最近は、幻視よりも、夢と現実を混同したとき、夜中に呼ばれます。

ほとんどが、昔の経験とつながっている内容です。

「明日、出張に行かにゃならんけん、その支度を手伝ってくれんかね」

「親戚の〇〇（だいたいは亡くなっている人）から呼ばれたけん、困っていると思うけんね、電話してくれんかね」

それを否定すると、幻視のときと同じく、話がこじれてしまいます。

「準備は明日でもいいかな？」

「いや、急ぎのようだからね、いまやらんと」

「わかった」

そう言いながら押し入れをがさごそしてみたり、音を出してみたりして、

「だいたいは用意したから、あとは、朝まとめればいいだけだから大丈夫よ」

と言うと、

「ほうかね、ありがとう」

と安心してくれます。

夢や幻視は、否定せず、話の内容に寄り添うに限ります。

見守りカメラで転倒を減らす

じいじのプライバシーは確保

じいじを在宅で介護しているといっても、家事や子育てがあるので、24時間じいじのことだけを見守り続けることは難しいです。

しかし、ちょっと目を離すと、じいじは自分でトイレに行こうとしたり、私を探してちょこちょこ歩くことがあります。特に夜中に起き出して歩き回り、よく転倒をします。

そのために、2年ほど前から「見守りカメラ」を導入しました。

じいじの姿がよく見える場所に設置して、スマートフォンと連携させます。スマートフォンでカメラの角度も自由に変えられるので、広範囲をチェックできる優れものです。

夜、電気を消すと暗視モードにもなるので、暗闇でも鮮明に映ります。

わが家はじいじの動線を考えて、いちばんとらえたいトイレの前にカメラを設置し、その行動を見守ります。

とはいえ、四六時中見張るということでは、もちろんありません。心配なときに様子が確認できれば、それでいい。じいじのプライバシーは守りつつ、必要なときは見守りたいと思っています。

外出時はカメラでまめにチェック

これまでは、転倒した音ではじめて気づき「時すでに遅し」というパターンが多かったのですが、じいじの行動が活発になる夜22時から朝6時までは、動きを感知すると、スマホが振動するように設定しています。

買い出しに出ている間、洗濯物を干している間、家の前の私道で子どもたちと遊んでいる間も、こまめにカメラでチェックします。

じいじをひとりにするときは、それほど遠くには出かけません。何か異変があれば、すぐに帰宅し、対応します。

残念ながら、ゼロではありませんが、このカメラのおかげで転倒を未然に防げることが多くなりました。

在宅介護をしている方には、かなりおすすめできます。

義父母を介護するということ

私にとっては「ひとつ屋根の下で支え合う」のが家族

「血のつながっていない義理のお父さんの介護が、よくできるね」と言われることがありますす。たしかに血のつながりはありません。

ですが、私にとっては同じ家に住んで、一緒に思い出を作り、困ったときに支え合うのが家族です。血がつながっているかどうかは、あまり意識したことはありません。

物心ついたときから、血のつながっていない家族と同じ家で一緒に暮らしていたから、そう思うのかもしれません。母方の祖母は再婚で、一緒に暮らしていた祖父と私たち姉妹は、血のつながりはありません。

だけど、祖父は私たちを孫としてかわいがり、養い、大切にしてくれました。

ひとつ屋根の下で暮らして支え合い、お互い困っているときには手を差し伸べ合い、お互いを信頼し、一緒にいると安心できる。それが、私にとっての家族でした。

他人だからこそ、うまくいくこともある

じいじもばあばも同居を始めた最初の頃は、うまくいきませんでした。でも、一緒に暮らすうちに、だんだんとお互いに足りないところを補い合って、支え合って過ごせるようになり、ほんとうの家族になることができました。

「嫁には義理の親を介護する義務はない」と聞いたことがあります。

それはたしかにそうなのでしょう。でも、私の場合は、義務があるなしは意識したことがありません。家族として支え合ってきたのだから、困っているじいじを助けるのは自然なことと、受け止めています。

ただひとつ思うのは、夫は生まれたときからじいじやばあばと暮らしてきたので、家族としての歴史が長い。その分、なじんでもいますので、なんでも言い合える。だから、相手を傷つけてしまうことまで言ってしまう可能性があります。

じいじやばあばの場合、本当に家族になったものの、私に対してちょっと遠慮がありましたし、私もなんでもずけずけとは言えませんでした。

だからこそ、それほどぶつかることなく介護ができていると感じます。

逆に、自分の親の介護になったときに、いまのように穏やかに接することができるかどうかは、わかりません。その日が来るのを遠慮したい気もします（笑）。

じいじの体調管理、5つのコツ

じいじの介護でいちばん気をつけているのは、体調管理です。

高齢ですから、ちょっとしたことで体調を崩しやすい。そもそも持病もありますから、なおさら注意しています。

体調管理のためにやっていることで効果があると思っているのは、次の5つです。

①基礎体温を高く維持させる

「体温が上がると、血流がよくなって免疫力が上がる」と聞きますが、じいじの介護をしていて実際にその通りだと思いました。

同居する前、じいじの基礎体温は35・7度でした。でも、体温を上げるといわれるニンニクやショウガをできるだけ料理に使うようにし、飲みものは冷たいものよりは常温、もしくは温めるようにしてから少しずつ基礎体温が上がり、いまは36・7度。1度上がりました。体温が上がってからは、目に見えて風邪を引きにくくなりました。体温アップとの関係はわかりませんが、免疫力を上げるといわれる塩こうじも欠かさないようにしています。

免疫力を上げる食事が効果を発揮しているのかはわかりませんが、じいじは怪我の治りが早いようです。主治医の先生にも驚かれています。

②水分をできるだけ多く取らせる

じいじの脳神経外科の主治医に「お義父さまの場合、頸椎の血管にプラークがたまりやすく、狭窄（血管が狭くなっているところ）が左右に見られます。これ以上ためないために、水分をこまめに取らせてください。水分はいいですよ。だいたい1日1・5リットルを目指してください」と言われました。

これは結構、大変です。水分を多く取らせるということは、トイレの回数やオムツ替えの回数も増えます。介護者にとっても本人にとっても、ひと苦労です。

それでも、認知症を改善させる可能性が少しでもあるならばと、じいじが飽きないように、季節によって水分の種類を増やして飲ませています。麦茶、緑茶、ルイボスティー、甘酒、トマトジュース、生しぼりケール、炭酸水、赤紫蘇ジュースなどです。

これらを20〜30分に一度、3〜5口ずつを目安に飲ませることができると、だいたい1日の目標摂取量になります。毎日できないこともあるので、1日のうち1食は、出汁を効かせた根菜たっぷりの汁物を取り入れています。

体を冷やさないように、冷たいものはなるべく飲ませないようにしています。甘酒は、季節を問わず飲ませています。腸内環境を整える効果があると聞きますが、実際、じいじの場合、便秘とは無縁で2日に一度はお通じがあります。

生しぼりケールは、子どもたちにも飲ませています。そのおかげか、ふたりともインフルエンザとは無縁です。

③2、3日に一度、マッサージをする

183ページにも書きましたが、血流改善のために、2、3日に一度はマッサージをしています。肩や頭のもみほぐしに加え、じいじは腎機能が落ちていてむくみやすいので、足をマッサージします。

「気持ちがいい」とリラックスしてくれます。これは、夜の熟睡にもつながるような気がします。

④子どもの手洗いやうがいを徹底する

子どもと高齢者が同居していると心配なのが、感染症です。特にインフルエンザが流行するシーズンは、子どもたちが学校や幼稚園からウイルスや菌を持ってくる可能性があります。

私のふたりの妹たちが、ひとりはケア・マネジャーでひとりは医療従事者。そのため、新型コロナウイルスが流行る以前から、ウイルス対策について情報をもらって対策をしてきました。

子どもたちについているかもしれない菌などを家に持ち込まないように、わが家では消毒液を使っての手洗いはもちろん、うがいは、ばあばから教えてもらった「緑茶うがい」で、消毒を徹底しています。

⑤口腔ケアをきちんとする

じいじは総入れ歯ですが、何か食べたあとは、入れ歯をはずして、口腔ケア用のスポンジで口の中を清潔にするようにしています。口の中の菌が肺に入ると、肺炎になると聞いているからです。

うがいは高齢者の場合、とても危険な行為になるので「ぶくぶくぺっ」といった、口をゆすぐことをしています。

どれも私なりのじいじの体調管理の方法ですが、少しでも参考になればと思います。

じいじには予定を当日まで言わない

息抜きは大事

わが家では、現在3、4泊のショートステイを年に2、3回利用しています。

じいじがデイサービスをいやがったこともあり、ショートステイの利用も控えていました。

だから、子どもふたりと私たち夫婦の4人で出かけることはほとんどなく、じいじが入院をしたときに、申しわけないと思いつつ、2、3泊の旅行に出かける程度でした。といっても、子どもたちは出かけたがるので、私か夫のどちらかが付き添って出かけ、どちらかが、じいじと一緒に留守番をすることで乗り切ってきました。

しかし、娘たちが成長して、家族で出かけたいという気持ちも芽生えてきたので、ケアマネさんに相談したところ、ショートステイの利用を勧められ、２０１８年から利用しています。

年に数回でもショートステイにじいじを預けると、子どもたちも、私たち夫婦も、リフレッシュできます。もっと早く利用してもよかったかなと思っています。

不安症には効果あり

利用する際は、じいじには当日の出かける直前まで伝えません。ショートステイだけではなく、通院なども、じいじには前もって知らせることはありません。

以前、前日に「明日からお泊まりだよ」とじいじに話すと、夜中に支度を始めたり「調子悪いけんね、やっぱり断っておいてくれん」と言い出したり、そわそわしてじいじが眠れなくなったことがあったからです。

予定があると思うと、いろいろ気構えてしまうのです。

ショートステイを利用する日は、朝からじいじのひげを剃ったり、マッサージをしたりして、できるだけリラックスさせて、お迎えが到着してから「それでは、いまからお泊まりですよ。また新鮮な気持ちで会いましょうね」と言うようにしました。玄関でスタッフの方を見ると、じいじは少し不安そうな顔をします。

ときどき行きたくないと言い出すこともありますが、なんとかなだめて送り出しています。

ショートステイを利用しだした最初の頃は、帰ってくると機嫌が悪く「二度と行かない」と言うこともあったのですが、最近は慣れてきたのか、帰宅後、とても機嫌がいいので助かっています。

娘たちに伝えたいこと

介護はひとりで背負うものじゃない

「子どもは親の背中を見て育つ」といいます。うちの娘たちは、私が義父母の在宅介護をしている姿を見ながら育っています。

これには、いい面と悪い面があるのかもしれないと感じています。

親を大切にしたり、困っている人に手を差し伸べるのは、よいほうの面です。だけど「親は自分が家で介護をするのが当たり前」と思い、頑張りすぎてしまう可能性がある。これは、もしかしたら悪いほうの面になるかもしれません。

在宅介護は、人によって合う、合わないがあると思います。私の場合は、一度は挫折したものの、たまたま義父母との関係がうまくいきました。

そうではないパターンは、山ほどあると思います。

将来、娘たちに好きな人ができて、結婚して、そのご両親が介護を必要とする状態になったときに「看るな」とは言いません。でも、「よく状況を考えて、施設に預けるという選択肢もあるし、いろいろなサービスを利用することもできる。ひとりで背負う必要はないよ」と伝えたいです。

しかも、今後介護をされる人はどんどん増えていくわけです。日本の介護サービスがどうなるか、見えません。いまよりよくなってほしいですが、なんともいえない状況です。だから、娘たちのことが心配です。

私は自分に素直になって、いまの生き方を選んでいます。

娘たちにも、自分に素直になって、どうするかを決めてほしいです。

私だけをお手本にしないで、広い視野を持って情報を集めて、どう介護するかを決めてほしいと思っています。

これは、読んでくださっているみなさんにもお伝えしておきたいメッセージです。

テレワークで夫が介護を手伝い始めた

やっとじいじの認知症を受け入れてくれた

新型コロナウイルスの影響で夫もテレワークとなり、自宅にいることが多くなりました。

日中のじいじの姿や、私が介護する様子を目にする機会も増えました。

それによって、夫が「じいじは認知症である」という事実をようやく受け入れてくれたように感じています。それまでは「おやじなら、やろうと思えばもっとできるはず」「なんでそんなことくらい、できないんだ」と、心のどこかで感じていたのではないかと思います。

介護と育児と家事は私。お金を稼ぐのは夫。

ふたりの間で分担を決めたので、夫は長い間、朝から夜遅くまで家族のために外で働いてくれていました。決して、夫が介護を私に押しつけたわけではありません。夫は、親思いです。

ただ、じいじと直接会う時間は短く、じいじの昼間の様子は私から聞くだけ。だから、なかなか介護や認知症と正面から向き合えなかったのだと思います。

けれど、実際に毎日目にすると「認知症がここまで進んでいるんだ」と気づかざるを得なくなったのでしょう。

介護をする私のことも「こんなに大変なんだな」とわかってくれたようです。

オムツ替えもやってくれるように

最近は、夜中に目を覚まさないように、じいじをできるだけ長く起こしておくことや、オムツ替えも、時間の許す限りやってくれるようになりました。

オムツ替えをするのは、最初きつかったようで、なかなか「やるよ」とは言いませんでした。私からも「やってよ」と頼んだことはありません。

けれど、テレワークとなり、私がじいじのオムツ替えをするのを何度も見ているうちに「俺がやるよ」と言ってくれました。

一度経験したことで、ハードルを超えられたのかもしれません。

以来、私がオムツを替えていると「ああ、いいよ。俺がやるから」と率先してやってくれるようになりました。

いまは、逆に「嫁が自分のお父さんのオムツを替えている」のを見るのがいやになったみたいです。どういう心境の変化かわかりませんが、私としては楽になりました。

新型コロナウイルスは早く終息してほしいですが、テレワークはもっと増えてほしいです（笑）。

エピローグ……………………介護をしている自分が好き

介護真っただ中の人に私の介護の様子を伝えたい

きっかけは、2016年のテレビ出演でした。

元アイドルが介護生活を送っている、というのを、どこから情報を得られたのかわかりませんが、取材させてほしいとの連絡がきたのです。

わが家での介護の様子がオンエアされると、反響がありました。介護はセンシティブな問題なので、リアルな様子はなかなか目にすることがなかったからでしょう。「介護で大変なのは自分だけじゃないことがわかった」「勇気をもらえた」という声が届きました。同時に、私に介護についての講演の依頼も来るようになりました。

少しでも介護をしている方の参考になるのであればと思い、講演をお引き受けして、介護の大変さや自分なりのやり方をお話ししました。

その中で、あることに気づきました。

講演会場に来ているのは、介護職の方や高齢の方が多く、実際に介護をしているであろう中高年の方はほとんどいない、ということです。考えてみると当然です。介護真っただ中の方は、忙しくて講演を聞きにいくどころではないのです。

介護真っただ中の方に、私の介護の様子をお伝えしたい、と考えていたところ「介護のエッセイを出しませんか」というお話をいただき、本書が生まれることになりました。


「認知症」といっても、人によっていろいろな症状があります。

「介護」といっても、その環境はさまざまです。

私は子育てをしながらの在宅介護で、大変さもあります。一方で、夫や子どもたちが手伝ってくれるので、なんとか施設に預けずに在宅介護ができています。

家庭の事情によっては、施設に預けたほうがいい場合もあると思います。デイサービスやショートステイを積極的に利用したほうがいいケースもあるでしょう。

それぞれに応じて、選べばいいと思います。

選ぶ際には、選択肢は多いほうがよく、知識もあったほうがいいと思います。

在宅介護も選択肢のひとつ。その具体例として、本書をお読みいただけたとしたら、うれしいです。

介護には感謝しかない

私のこれまでの人生において「介護は通らなければいけない道」だったと思っています。

介護は大変です。

けれど、大変さと幸せは、実は同じところにある気がしています。大変さを克服したり、大変なことがちゃんとできたときの達成感が私にとっての幸せだとわかったのです。小さなことに幸せを感じるようになったのは、介護がきっかけです。それから、自分がすごく成長した、変わったと感じます。

介護には、感謝しかありません。

ここから、介護が私にくれたものを具体的にお伝えしたいと思います。

介護がくれたもの① 自信をつけさせてくれた

私はもともと強いコンプレックスがあって、後悔しやすいし、自分で壁を作りやすい性格です。そんな私に「自信」という宝物をプレゼントしてくれたのが、介護です。数々の困難を乗り越えてきた経験が、私に自信をつけてくれました。

これは、芸能界では得られなかったことです。

母に楽をさせてあげたいという思いと、コンプレックスも直したくて芸能界に入り、生放送の司会やアシスタントの仕事をたくさんさせていただいて、なんとなく直せたつもりでいました。でも、結局、自信はないままでした。だから、途中で無責任だと思いながら、芸能活動を休業しました。

特に自信をつけてくれたのは、ばあばです。

祖父母や愛犬のポップを見送ったとき、私は後悔しかありませんでした。自分は介護に全然向いていない。人や動物の命に寄り添ったり、人の命を預かるような人間ではない。

じいじやばあばの介護をしているときも「これでいいのかな」と、ずっと自信がありませんでした。

ですが、ばあばを見送る前に「私の人生は最高だった。孫たちと一緒に過ごさせてもらって、ほんとうに里華さんありがとう」と言われたときに、自分に自信がつきました。自分のやっていることは間違いじゃないと思えました。

ばあばを見送ったときは、後悔もなく、満ち足りた気持ちになりました。そして「ああ、私、まだできる」と思いました。だから、余命いくばくもないばあばに「義父のことは任せてください」と言えたのです。

介護がくれたもの② 自分を好きになれた

介護で変わったもうひとつは、自分を好きになれたこと。

若い頃はみんなそうなのかもしれませんが、「自分が」「自分が」と自分をいちばんに考えます。私もそうでした。それによって、お金も得られたし、ある程度の自由も得られました。

ですが、いつも満たされていませんでした。だから、買い物依存症になってしまったこともあります。フィギュアをコレクションするのが好きで、部屋いっぱいフィギュアだらけにしたこともあります。でも、大好きなフィギュアに囲まれているはずなのに、いつも何だか居心地がよくなかったのです。

いつも無理をしている自分が好きになれませんでした。芸能界は楽しかったですし、いまでもあの頃の経験やキラキラした感じは、思い出しただけでワクワクします。

でも、いまの自分のほうが何倍も好きです。無理をせず自然体でいるからです。

介護を経験して、自分のことが好きになれた気がします。

介護がくれたもの③ 時間を大切にするようになった

最初、介護がなんだかわからないままに始まったから、それは苦しかったです。面倒くさがり屋で、面倒なことは避けたり、先送りにするタイプでした。

「明日できることは、今日やらなくていいじゃん」と思っていたのです。

でも、そうすると、結局自分に跳ね返って、あとで苦しくなるという経験を何度もしてきました。だから、いまはそういうことがなくなりました。

時間を大切にするようになったのです。

当時の私が聞いたら、きっと驚くと思いますが、いまは「今日できることは、今日やってしまおう」とすぐに動いてしまいます（笑）。今日やっておけば、もし、明日じいじの体調が悪くなったとしても、余裕があるから、すぐに動けるのです。

介護がくれたもの④　幸福感を与えてくれた

「介護によって自分の人生の時間を取られている」と考える人は、少なくないと聞きます。私の場合も、介護が苦しいときはありました。

けれど、じいじのお世話をしている自分がいやではない。むしろ、介護をすることで、幸福感や充実感を得られます。それは、私の性格に合っているからです。

そもそも、私は司会よりもＣＭのお仕事が好きでした。理由は、自分が主役じゃないからです。性格的に、主役を引き立てたり、主役のサポートをしたりするのが合っている。だから、介護のように人に寄り添う生き方がすごく性に合っていて、好きなのです。

じいじには「幸せだったな」と感じながら旅立ってもらいたい

じいじはいま、92歳です。余生があと何年あるかわかりませんが、できるだけ、いまのままの環境で、在宅で幸せなまま見送りたいと思っています。

施設が悪いというわけではありません。

じいじが慣れ親しみ、ストレスのない状態の中で見送りたいし、ありがたいことに、子どももだんだん手がかからなくなって、それができる環境にあります。

ばあばとも「じいじを最期まで看るから」と約束しました。

私の気持ちとしても、子どもたちが成長してきて楽になった分、もうちょっと頑張れると思っています。

介護は最初の数年は大変ですが、繰り返していくと、それが自分のライフスタイルになってきます。子育ても、介護も、ライフスタイルになってしまえば、もっと言えば、習慣になってしまえば、それほど大変ではないと、私は感じています。

いまでもつらいと思うのは、じいじが夜中に起きてしまうときぐらいです。それも長く続くわけではありません。

であれば、なんとかレスパイトケア（在宅介護の要介護状態の人が福祉サービスなどを利用している間、介護をしている家族が一時的に介護から解放され、休息を取れるようにする支援）でショートステイなどを積極的に取り入れていけば、ずっとやっていけるんじゃないか。だからもうちょっと頑張ってみよう、と思っています。

今後もし、大きな変化があるとすれば、ばあばがじいじを迎えにきたとき。ばあばは、なんとか後悔なく送れました。じいじは持病があるものの、身体は強い。だから、少しでも長く生きてほしいし、もし、ばあばが迎えにきたときには「幸せだったな」と感じながら旅立ってほしいです。それがいまの私の目標です。

最後までお読みいただきありがとうございました。
本書をお読みいただいたことで、みなさまの介護が少しでも楽になったとしたら、私にとってこれ以上の喜びはありません。

２０２１年２月

高橋里華

じいじ、最期《さいご》まで看《み》るからね

育児と介護のダブルケア奮闘記

2021年 3月22日　初版発行

著者　高橋里華

発行者　小林圭太

発行所　株式会社 CCCメディアハウス

〒141-8205 東京都品川区上大崎3丁目1番1号
電話　販売 03-5436-5721
　　　編集 03-5436-5735
http://books.cccmh.co.jp

編集協力　小川真理子(文道)

撮影　河内 彩

装幀　椋本完二郎

校正　株式会社 文字工房燦光

印刷・製本　豊国印刷 株式会社

ISBN 978-4-484-21209-8